生贄悪女の白い結婚

～目覚めたら8年後、かつては護衛だった公爵様の溺愛に慣れません！～

一分　咲

24187

角川ビーンズ文庫

contents

ikenie akujo no shiroi kekkon

{007} プロローグ

{012} 第一章 ✦ サンクチュアリのアルヴィエ男爵家

{037} 第二章 ✦ 生贄と洞窟

{074} 閑　話 ✦ ティルソン・ベルリオーズ

{091} 第三章 ✦ 王都にて

{125} 第四章 ✦ 求婚

{154} 閑　話 ✦ エッダ・アンペール

{158} 第五章 ✦ 恋人同士のふり

{191} 第六章 ✦ 暗雲

{226} 第七章 ✦ 因果応報

{256} エピローグ

{268} あとがき

生贄悪女の白い結婚
～目覚めたら8年後、かつては
護衛だった公爵様の溺愛に慣れません！～
ティルソン・ベルリオーズ
ベルリオーズ公爵家の当主。10年間ニネットの行方を捜していた。
ニネット・ノークス
『クレーティ商会』で働く元令嬢。『精霊の愛し子』故、異性を引き寄せてしまう。

✦ティル✦

アルヴィエ男爵家に
引き取られたニネットの弟分。
「悪女」と呼ばれるニネットを守る。

✦ニネット・アルヴィエ✦

アルヴィエ男爵家の令嬢。
継母に虐げられながらもティルを
守ろうと行動する。

✦エッダ✦

ニネットの義妹。
中位精霊と契約している。

✦ライモンド・クレーティ✦

王室御用達の
『クレーティ商会』経営者。
老若男女問わずモテる。

characters

ikenie akujo no
shiroi kekkon

✦ニーヴ✦

ニネットと契約した高位精霊。
甘いものが好きで、特に金平糖が大好物。

本文イラスト／Tsubasa.v
キャラクター原案／廣本シヲリ

プロローグ

悪女と呼ばれることはある。

けれどその言葉に心が折れないのは、すでに大切なものを手放し、もうこれ以上折れることがないからだ。

「――いいですか。旦那《だんな》様はあなたを愛することはありません。これは契約結婚《けいやくけっこん》ですので」

王都でも指折りの豪奢《ごうしゃ》なタウンハウス。

その煌《きら》びやかな外観からは想像できないほどに簡素な応接室で、ニネットは契約書を前にこの家の家令から説明を受けていた。

そこに書かれている文言がどれも自分にとって好都合なことを確認《かくにん》すると、目を数度瞬《しばたた》く。

「かしこまりました。この契約書によると、これは初夜を迎《むか》えない『白い結婚』なのですね。私としてもありがたいことです」

白い結婚とは、婚姻《こんいん》を結んで三年間、実質的な夫婦関係になければ結婚をなかったことにできる制度のことだ。

かつて、年端《としは》もいかない令嬢《れいじょう》が政略結婚の道具として使われることが多かった古い時代の名残《なごり》で、その証明には特別な契約書が用いられるのだという。

「ご理解いただけて何よりです。ではさっそく署名をお願いします。精霊《せいれい》による契約が済むまでは、旦那様――ベルリオーズ公爵《こうしゃく》はあなたの前に現れませんので」

家令の説明に、ニネットは躊躇《ためら》うことなくサインをする。

すると、家令は眼鏡を人差し指でクイとあげつつ、ひとりごとのように呟《つぶや》いた。

「可能であれば保証人としてご家族の署名もいただきたかったのですがね」

「私に家族はおりません」

そう告げても彼の表情は変わらない。調査済みなのか、それとも天涯孤独《てんがいこどく》な仮の花嫁《はなよめ》の身上に興味はないのか。恐《おそ》らく、どちらもなのだろう。

自分にも家族はいた。けれどとうに失われ、見つける手掛《てが》かりすらない。

幼い頃《ころ》は手を引いてやり、少し大きくなってからは生意気な口も利《き》くようになっていた懐《なつ》かしい弟分の姿が胸に迫《せま》る。身勝手な別れの思い出に心が痛んだのを、澄《す》ました表情でごまかした。

ところで、ニネットはとある特殊《とくしゅ》な体質を持っていて、そのせいで『悪女』と誤解されることが多い。

家令の言葉の端々《はしばし》からはまさにそういった類《たぐい》の忌避感《きひかん》が伝わってくるが、特には気にならなかった。

なぜなら、この契約結婚は存外に幸運なものだったからだ。

（冷酷《れいこく》と悪名高いベルリオーズ公爵のところに嫁《とつ》げと言われたときには、どうなることかと思ったけれど……妻としての役割を求められないなんて、とても幸運な気がする……！）

ぼんやりとしている間に契約書が白く光りはじめたことに気がつき、ニネットは慌《あわ》てて意識を呼び戻《もど》した。

契約書の上には、かわいらしい女の子の姿をして白銀の衣を纏《まと》った精霊が舞《ま》っている。

「あなたには見えないかもしれませんが、ここには特別な精霊がいるそうです。今から『白い結婚』を証明するための精霊による契約を行いますが、この契約は私のほかには旦那様しか知りません。他人には絶対に口外なさいませんように」

「はい、承知しました」

その精霊が見えないふりをしながら、ニネットは微笑《ほほえ》み頷《うなず》いた。契約書に精霊がキスをすると、キンッという甲高《かんだか》い音が響《ひび》く。

無事に『白い結婚』の契約が結ばれた証《あかし》だった。

契約が終わると、夫となる男がいる書斎《しょさい》へと案内された。

今まさに開けられようとしているその扉の前で、ニネットはゆっくり深呼吸をする。

この縁談《えんだん》が持ち込まれたとき、ニネットの友人の一人はこう言って止めた。

『ベルリオーズ公爵、あれは無理よ。後ろ盾《だて》のない令嬢ではどんな目に遭《あ》うか。精霊によって成り立つこの国のために生贄《いけにえ》になるようなものだわ』

その言葉が怖《こわ》くないわけではない。

けれど、ニネットは意外と人生経験が豊富なのだ。こんなところで挫《くじ》けるような繊細《せんさい》な心のつくりをしてはいない。

(心配されながらここへ来たけれど大丈夫《だいじょうぶ》。だって、私は一度生贄になったんだもの。あのときで、私の命は終わったようなものだし……！)

気合いを入れ直して息を吐《は》いたところで、家令が告げてくる。

「いいですか。入ったら名乗って、旦那様が話しかけてくるまでお待ちください」

「………はい」

(仮にも自分から求婚《きゅうこん》した相手なのに、名乗れとおっしゃるのね)

これでは、妻となる人間の名前すら覚えていないと言っているようなものだ。

いくら契約結婚とはいえ、この家の主人は本当に噂《うわさ》通りすぎるのではないか。

ついうっかり滲《にじ》み出てしまった呆《あき》れた表情を引っ込め終わらないうちに、書斎の扉が開く。

一気に光が差し込んだ先には一人の男性が立っていた。

ニネットの位置からは逆光で顔が見えないが、彼はこちらを見た瞬間《しゅんかん》に手に持っていた何かを落としたらしい。

ガシャンという、グラスが割れるような音がしたあと、ぽつりと低い声が届いた。

「ニネット……？」

――自分の名を呼ぶ、この響きには覚えがある。

部屋の明るさに目が慣れたその先の景色に、ニネットは息を呑《の》む。

何かを考えるよりも早く、ニネットはついさっき回想したばかりの少年の面影《おもかげ》を残す男のもとへ、絨毯《じゅうたん》の床《ゆか》を蹴《け》ったのだった。

第一章　✦　サンクチュアリのアルヴィエ男爵家

――遡《さかのぼ》ること十年前。

精霊が支配する国、イスフェルク王国には重要な場所がふたつある。

ひとつは、王都サンク。

小高い丘《おか》を背にして建てられた王城を中心に、美しい街並みが広がるイスフェルク王国最大の都市で、政治・経済はもちろんあらゆる面において国の中枢《ちゅうすう》となっている場所だ。

王都には、千年以上も前から精霊と人間の橋渡《はしわた》し役を担《にな》っている公爵家『ベルリオーズ家』が存在する。

精霊が支配するこの国で、唯一《ゆいいつ》精霊との交渉《こうしょう》権を持つベルリオーズ公爵家は、王族並みの権力と絶大な影響《えいきょう》力を誇《ほこ》る家だ。

ふたつめの重要な場所は、辺境の町サンクチュアリ。

遥《はる》か遠い昔、精霊が誕生したとされる場所に作られたサンクチュアリは、聖域とも呼ばれている。その流れを汲《く》んでいるせいか、精霊と契約できる特別な人間が多く生まれる不思議な町だ。

このサンクチュアリにも特別な家が存在した。

それが、この地の統治を任されている『アルヴィエ男爵家』である。


「ニネットー！　お母様がおつかいに行ってきてほしいみたいなの。使用人の手がいっぱいで……。私はこれから家庭教師の先生が来る時間だし、頼《たの》んでもいい？」

「もちろん！　私が行くわ」

拭《ふ》き掃除《そうじ》の途中《とちゅう》、ニネットが階段の上にいる義妹《ぎまい》エッダからの声掛《こえか》けに答えると、隣《となり》のティルは不満そうにため息をついた。

「アレ、絶対わざとだぞ。初めからニネットに行かせるつもりだったんだろ？　大体、あの女がおつかいに行ったことなんてあるか？」

「またそんなこと言って。……ほらティル、一緒《いっしょ》に来てくれる？」

窘《たしな》めつつお願いすると、つい今まで生意気な口を叩《たた》いていたティルはむすっとしたままぶっきらぼうに答える。

「……当然だろ」

（ふふっ。私の弟は口は悪いけれど、素直《すなお》だわ）

「ニネット、ティル、それじゃあお願いねー！」

ティルの悪態が聞こえなかったらしいエッダは砂糖菓子《がし》のように甘く愛らしく微笑むと、真新しいドレスをふわりとゆらし、二階の奥へと消えて行った。

それを笑顔《えがお》で見送ったニネットは、雑巾《ぞうきん》を片付け、掃除で汚《よご》れたエプロンを外し、外出の準備をする。

この生活をするようになってからはそろそろ三年。掃除も洗濯《せんたく》も、ハウスメイドとしての仕事は大体できるようになった。

初めは戸惑《とまど》ってばかりだったが、今となってはこれがもうすっかりニネットの日常だ。

十六年前、ニネット・アルヴィエはこの町の領主でもある、アルヴィエ男爵の長子として生まれた。

ニネットのゆるいウエーブを描《えが》くブロンドの髪《かみ》と、透《す》き通った淡《あわ》い空色の双眸《そうぼう》は母親譲《ゆず》り。大好きな母親とよく似た外見は、幼い頃はニネットの自慢《じまん》でもあった。

けれど、その母親はニネットが五歳の時に流行病《はやりやまい》で亡《な》くなってしまった。

そこから一年も経《た》たないうちに、継母《ままはは》と連れ子のエッダがアルヴィエ男爵家にやってきた。

三歳年下のエッダはニネットを実の姉のように慕《した》ってくれ、ニネット十六歳、エッダ十三歳になった今ではすっかり友人のような関係になっている。

しかし、継母はそうはいかなかった。

ニネットの父親がいるところでは愛想《あいそ》良くしてくれるものの、いなくなった途端《とたん》に態度が冷たく豹変《ひょうへん》してしまう。

それを幼いエッダが遠慮《えんりょ》がちに取り持ってくれるのが、子どもの頃《ころ》からの光景だった。

家族の複雑な関係に気がつかない鈍《にぶ》すぎる父親は、ニネットが六歳のある日、どこかからエッダと同じ歳《とし》の男の子を連れ帰ってきて養子にした。

それがティルだった。

(初めて会った時からティルはびっくりするほど綺麗《きれい》な顔の男の子だったのよね。口は悪いけど、佇《たたず》まいに気品があるっていうか……不思議な子だった)

神秘的な銀色の髪に、深い青の瞳《ひとみ》。ニネットには、このティルと名乗った男の子は三歳とは思えないほどに賢《かしこ》そうに見えた。

そして、ティルはいつの間にか自然とニネットの護衛として育てられることになった。

それだけではない。どういうことなのか、ニネットの父親はティルにたくさんの家庭教師をつけ英才教育を進めることにしたらしい。

剣術《けんじゅつ》に体術、あらゆる学問のほか貴族としてのマナーを教える先生までをわざわざ王都から呼び寄せ、最上級の教育を受けさせた。

そんな毎日を過ごすティルは、この家の跡継《あとつ》ぎのはずのニネットよりも明らかに忙《いそが》しそうで、勉強する姿を見ながら困惑《こんわく》したこともある。

自分が跡継ぎのはずなのにティルの方が目をかけられて複雑な気持ちだったからではない。自分より三歳も年下の男の子なのに、どんなに勉強が大変でもちっとも弱音を吐かないことが不思議だったからだ。

まるでなにか特別な目標でもあるようにしか思えず、ニネットは何度も首を傾《かし》げた。

あまりにも不思議で、何度か将来の夢を直接聞いてみたけれど、はぐらかされるばかりで教えてはくれなかった。

(ティルは運動神経も頭も要領もいいから、あのままだったらティルがアルヴィエ男爵家を継ぐことになっていたのかもしれない)

そんなことを考えることもある。

けれど、現実は辛《つら》く厳しいものだった。

ニネットとティルの唯一《ゆいいつ》の味方だった父親は、三年前——ニネット十三歳、ティル十歳のある日、突然《とつぜん》の事故で帰らぬ人となったのだ。

そこからは本当にあっという間だった。

父親が亡くなった日の夜、茫然自失《ぼうぜんじしつ》になっているニネットの部屋の扉《とびら》が叩かれた。返事もできないでいるうちに勝手に鍵《かぎ》が開き、ずかずかと入り込んできた継母にニネットは自分の部屋を追い出された。

屋敷《やしき》で一番日当たりがよく調度品も豪奢《ごうしゃ》だったニネットの部屋は、あっという間に継母のものになったのだ。

母親の嫁入《よめい》り道具のドレッサーも宝石もドレスも、全部取られてしまったが、ニネットには抗議《こうぎ》する気力すら残っていなかった。

父親の死を受け入れられず泣きじゃくるニネットは、気がつけばティルとともに庭の離《はな》れに押し込まれ、持ち物もほぼ取り上げられてしまっていた。

離れと言えば聞こえはいいが、元は物置小屋である。造りは信じられないほどに粗末《そまつ》で隙間風《すきまかぜ》もひどい。

後日、使用人用の部屋から簡素な造りのベッドとテーブルが運び込まれたものの、ほかには何もなく、ニネットはとても困惑した。

けれど、誰《だれ》も助けてはくれなかった。屋敷で働いている皆《みな》が、継母に解雇《かいこ》されることを恐《おそ》れたからである。

それまでニネットをお嬢様《じょうさま》として扱《あつか》っていた使用人たちはよそよそしく、冷たくなった。

たった一晩で、これまでの恵《めぐ》まれた幸せな暮らしは奪《うば》われてしまったのだ。

当然、ティルに付けられていた特別な家庭教師やニネットの淑女《しゅくじょ》教育の先生は来なくなったし、これまでは父親の不在時でも許されていた食卓《しょくたく》への同席が許されなくなった。

まさに、父親の後妻と連れ子に『家を乗っ取られた』が正しい表現である。

父親が万一のときのために準備していた遺言書では『跡継ぎはニネット・アルヴィエ』と指名されていた。

だが、そもそも未成年のニネットの後見人は継母だ。大人になるまでは従うしかない。

(こんな家、出ていきたいと思ったことは何度もあるわ)

けれど、イスフェルク王国でのアルヴィエ男爵《だんしゃく》家の役割を理解しているニネットは逃《に》げ出すわけにいかなかった。

(イスフェルク王国は精霊《せいれい》の影響《えいきょう》を強く受ける国。特別な辺境の町サンクチュアリのアルヴィエ男爵家が健在でないとなると、何が起きるかわからない。だから一応、今のところは国の法律に則《のっと》って私がこの家を継ぐことになっている。でも、実際には居場所がない)

町を歩きながらぼうっと考えていたところで腕《うで》に痛みが走る。

「ニネット様！　今日こそはデートの約束を」

「!?」

見ると、顔見知りの男性がニネットの腕を摑《つか》んでいた。

顔見知りとはいっても、彼は残念ながらあまり歓迎《かんげい》したい相手ではない。これまでに何度も言い寄られて苦労している相手だ。

すかさず、隣《となり》を歩いていたティルがその男の手を振《ふ》り払《はら》いニネットとの間に入る。

「何をしている？」

「私はただニネット様とお話がしたいだけで」

「彼女に近づくな」

「!?　ひ……っ」

男がもう一度ニネットへ手を伸《の》ばしてきたところを、ティルが摑んで捻《ひね》りあげる。

十三歳のティルはニネットと同じぐらいの身長しかないが、幼い頃から英才教育を受けてきたため、身のこなしも力の入れ方も大人の護衛と遜色《そんしょく》ない。

ティルに腕を摑まれた男は、悲鳴をあげて逃げていってしまった。

「ティル、ありがとう。ぼうっとしていたからかも、ごめんね。もっとちゃんとする」

「……」

ティルが何も答えない代わりに、遠巻きに見ていた町娘《まちむすめ》たちの会話が聞こえてくる。

「うわぁ。男たらしのニネット様だよ」

「今の人、イネスの恋人《こいびと》じゃなかった？」

「本当に誰でもおかまいなし……最低ね」

ニネットのお礼の言葉には無反応だったティルは、彼女たちの言葉にはぴくりと反応する。そしてニネットを背にして守ったまま、今度はそっちを睨《にら》みつけた。

「……今なんて言った？」

「「「！！！」」」

あまりの剣幕《けんまく》に、町娘たちは顔色を変えて逃げていく。

かと思えばまだ話し足りないことがあるようで、少し離れた場所でまたひそひそと噂《うわさ》話《ばなし》をはじめた。

「あの子かっこいい……っていうかきれいだよね」

「ダメだよぉ。ニネット様のものだもの」

「超絶美麗《ちょうぜつびれい》な少年護衛を従えた悪女が次期領主さまかぁ。人生って不公平」

はっきりとは聞こえないが、恐らくこんなところだろう。

どれも、これまでの人生でニネットが何度も言われてきた言葉だ。

(私だってこんな体質は嫌《いや》なのにな)

すっかり慣れてしまったニネットは遠い目をする。

実は、ニネットは少し特殊《とくしゅ》な体質をしているようで、なぜか不思議と異性を引き寄せてしまう。

そのせいで、こんなふうに『男を誑《たぶら》かす悪女』という目で見られてしまうことがよくあ

るのだ。

（……だけど、ティルがわかってくれるからそれでいいの。誰か一人でもわかってくれればいいし、それが大事な弟分のティルなら尚更《なおさら》）

ため息をつきつつ顔をあげると、目的の商店に到着《とうちゃく》していた。

気持ちを切り替《か》え、たまにおつかいにくることがある、食品を扱う馴染《なじ》みの店に足を踏《ふ》み入れる。

そうして、メモをもとに頼《たの》まれたものを探していく。

小麦粉に砂糖に牛乳。ニネットがおつかいで頼まれるのは、なぜか重いものばかりだ。

隣のティルが「あの継母《ままはは》クソババア」と悪態をついているが、ニネットは言葉遣《ことばづか》いを窘めつつ品定めを進めていく。

（早くおつかいを済ませてしまおう。これ以上面倒《めんどう》に巻き込まれたくないもの）

けれど、願いは叶《かな》わなかった。

商品を選び始めて数分経《た》ったところで、女店主がティルに向かって話しかけてきたのだ。

「あんた、バシュレのチョコレートを盗《ぬす》んだね？」

「「？」」

心当たりが全くなかったニネットはティルを見る。当然、ティルも意味がわからないという顔をしていたので、二人揃《そろ》って首を振った。

しかし女店主は意地悪く続ける。

「さっきまで確かにあったんだよ。滅多《めった》に入ってこない高級品を主人に貢《みつ》ごうってのかい？　あーやだやだ。男たらしで悪女の領主様が連れている護衛は物を盗《と》るんだね」

（……！　なんてひどいことを）

「私たちはそんなことは」

「フン、男たらしの悪女様もわかってるんだかわかってないんだか」

「おまえ、彼女を何て呼んだ？」

自分のことなら、いくらでも聞き慣れている。けれど、大切な弟分を悪く言われてはたまらないし許せない。

しかも、ティルのほうもニネットが悪く言われると信じられないほど怒《おこ》るのに、自分への言葉に関しては驚《おどろ》くほど無頓着《むとんちゃく》なのだ。

現に今もティルは隣で怒ってはいるが、ニネットが「男たらし」と呼ばれたことの方に腹を立てているようだ。もっと自分を大事にしてほしい。

（とにかく何とかしないと。このお店にはたくさんの人がいて、この店主が私たちに言いがかりをつけているのを見ているわ。もし盗みをするなんて噂《うわさ》になったら、ティルはこの町を歩けなくなる）

危機感を覚えたニネットは、大切に身につけていた懐中時計《かいちゅう》を外す。

大切なティルを守るためだと思えば、躊躇《ためら》う理由などない。そして、睨むようにして女店主を見据《みす》えた。

「私の護衛はそのようなことはいたしません」

「へえ。護衛が盗人《ぬすびと》なら、主人も主人だね。領主の家の奥様に疎《うと》まれるだけあるよ」

「私に関してはどう思っていただいても構いません。でも、あなたが私を認めないこととティルが盗みをする人間かどうかは別です」

「何だって⁉」

一見弱々しくも見えるニネットが反論したことに驚いたのか、女店主は目を丸くした後で顔を真っ赤にしている。

そこへ冷ややかな視線を送りながら、ニネットは懐中時計を差し出した。

「ですが、これをお代に」

「⁉　そ、それは……」

さっきまで偉《えら》そうだった女店主は、ニネットが差し出した懐中時計を見て目を泳がせた。

まだ怒《いか》りが収まらないニネットはあえてにっこりと微笑《ほほえ》んで見せる。

「これならチョコレートのお代に足りるでしょう。お金がほしいのなら差し上げます」

「あ……アタシは何もそこまで」

この女店主が狼狽《うろた》えているのには理由がある。

今ニネットが取り出して見せた懐中時計は、領民皆《みな》からとてもよく慕《した》われていた父親の形見なのだ。

ニネットは悪女として遠巻きにされているが、父親はそうではなかった。領民に慕われる良き領主だったし、今でも命日にはたくさんの領民が偲《しの》んでいる。

(この懐中時計が、お父様が私に残してくれた形見だということは町の人皆が知っているもの。だからこそ価値がある……っ)

ニネットは心の中で自分に気合いを入れ、店主をさらに睨みつける。

「いいえ、受け取って。ティルはお父様が大切に育ててきた私の護衛よ。失態があったのならお父様の責任です」

さすがに店主は受け取れないようで、目を泳がせて唇《くちびる》を震《ふる》わせはじめた。

受け手のない懐中時計が空中でゆらゆらと彷徨《さまよ》う。その向こうに見える店主の顔はいつの間にか青ざめていた。周囲が息を呑《の》んで見守っているのがわかる。

(居合わせた人たちに、ここまで見せておけば大丈夫《だいじょうぶ》)

頃合《ころあ》いだと判断したニネットは、しゃらりと音を立てて店主の目の前のカウンターに懐中時計を置き、背後の棚《たな》を指差した。

「……確信があったから盗人扱《あつか》いしたのでしょう？　――それで、そこにあるバシュレと書かれたチョコレートの箱は何？」

「えっ!?」

カウンター奥の棚には、盗ったとされたチョコレートの箱が置いてあった。

「行きましょう、ティル。こんなところに長居する必要ない」

女店主の驚いた声と同時に、ニネットはティルを引き連れ出口へと向かう。

「やるなぁ、次期領主のお嬢《じょう》さん」

「代金支払《しはら》ったうえであんなふうに言われたんじゃやなぁ。何もかも、アンタの負けだよ」

そんな声が聞こえてくるが、怒っているニネットは立ち止まることはなかった。

（ひどい言いがかりだわ。許せない……！）

本当は、形見など持ち出さずにただチョコレートがそこにあることを指摘《してき》すればいいだけの話だ。

けれど、あの店には多くの客がいた。サンクチュアリは小さな町だけに、悪い噂が広まるのも早い。

（あれだけやれば、チョコレートを盗んだという誤った噂ではなく、あの店主が代金としてお父様の形見を手に入れたという噂の方が広まるに違《ちが》いないもの）

自分のことには無頓着なティルが何としてでもニネットを守ろうとするように、ティルが悪く言われると絶対に許せないのはニネットも同じことだった。

すっかり腹を立てながらの、商店からの帰り道。

「ほんっとうに信じられないわよね。嫌《いや》になっちゃう」

「……」

ニネットの怒りはまだ収まらないが、当のティルはなぜか上の空だ。

（ティル、さっきから心ここに在らずって感じだけれど、どうしたのかな。考えごと？）

なにか気になることがあるらしい弟分を心配しながら、アルヴィエ男爵《だんしゃく》家の屋敷《やしき》前まで来たところで、見慣れない馬車が門を出ていく場面に遭遇《そうぐう》した。

この辺ではあまり見ない豪華《ごうか》な造りの馬車である。

よく商人が乗っている、荷台が大きな馬車ではなく、扉《とびら》に装飾《そうしょく》がつき、窓には高級そうな生地《きじ》のカーテンがかかっている。

ちらりとしか見えなかったので定かではないが、例えば公爵家の家紋《かもん》が入っていてもおかしくない、この町に不釣《ふつ》り合いな雰囲気《ふんいき》にニネットは首を傾《かし》げた。

「王都からお客様……？　でも、そうだとしたら、めったにないことなのに、知らされていないのは不思議よね。おもてなしの準備もしていなかったし」

「……別に気にしなくてもいいんじゃない。あんな馬車を持つような高貴な家がうちに用事があるなんてどう考えてもおかしいし」

「あっ、ティル⁉」

ぶっきらぼうに言って歩き始めたティルの後ろを、慌《あわ》てて追いかける。

最近のティルは、大人ぶりたいのか言葉少ななことも多い。

それにしても、さっきから何か違和感《いわかん》があるような気もする。秘密が多くなるお年頃《としごろ》なのか、と少し寂《さび》しくなっていると。

「それより、ニネットはいいの？」

「？　なぁに？　ああ、おつかいなら、後で私一人で行ってくるから大丈夫」

「違う。買い物じゃなくて、旦那《だんな》様の懐中時計のこと」

（なんだ。そんなことを気にしていたのね）

帰り道、ティルはほとんど話さなかったが、どうやらニネットが手放した父親の形見のことを気にしてくれていたかららしい。

ティルらしい不器用な優《やさ》しさがかわいい、好きだ。そう思えば自然と頰《ほお》が緩《ゆる》む。

「いいの。私にとってはティルの名誉《めいよ》を守れたことの方が大事なの。あなたは、私の護衛ではあるけれど、お父様が信頼《しんらい》して大切に育てていた私の大事な弟なんだもの。だから、あの懐中時計はティルのものでもあったのよ。正しい使い方だったわ」

「…………」

ティルから、どことなく不満そうな視線が向けられているのは気のせいだろうか。

「ん？　何？　私、何かおかしなこと言った？」

「……別に」

首を傾げていると、ティルはニネットの隣《となり》を素通《すどお》りして屋敷へと戻《もど》っていく。

鎖骨《さこつ》のあたりをぽりぽりと掻《か》き、気だるそうに歩く仕草からは何らかの不満が感じ取れるが、ニネットにはその原因がわからない。

（最近、ティルをかわいがろうとすると不満そうにされるのよね……。難しいお年頃なのだと思うけれど……前は何でも話してくれたのに……！）

いつの間にか、自分と変わらない背丈《せたけ》になってしまった背中を見送る。

ずっとふたりで寄り添《そ》って生きてきた分、なかなか弟離《ばな》れはできそうにない。

その日、言われた通りのおつかいができなかったニネットは継母《ままはは》から叱責《しっせき》を受けることになってしまった。

きちんと謝ったのだが、「申し訳ありません。また後で行ってまいります」と繰《く》り返し、どんなに怒鳴《どな》っても動揺《どうよう》しないニネットの態度が継母は気に入らなかったらしい。

説教は外が暗くなるまで続いた。

このまま朝を迎《むか》えるかもしれない、とも思ったのだが、エッダが「ニネットは使用人じゃなくて私のお姉様よ。わざわざお買い物に行ってくれたのに、お母様ひどいわ」と助けに来てくれたおかげで無事に解放されたのだった。

(またエッダに助けてもらっちゃった)

エッダにお礼を言いつつ、やっとのことで敷地《しきち》の隅《すみ》にある小屋に戻ったニネットはふうと息を吐《は》く。

「今日はお継母《かあ》様のお説教が長くって疲《つか》れちゃったな」

「ニネットは悪くない。悪いのはあいつらだろ。商店のババアと、この屋敷を乗っ取った親子」

「……屋敷を乗っ取った親子、って。エッダはいい子よ？　いつも私たちの味方でいてくれるじゃない。今日だって、エッダのおかげで私はこの離《はな》れに帰って来られたんだし」

「どうだか。あの女が腹黒く見えないニネットはどうかしてるよ」

「そんな……理由もなく人を疑うのはよくないと思う」

つい反論すると、口争いのようになってしまった。

ティルは目を逸《そ》らすとあきらめたようにため息を漏《も》らしている。

(きつい言い方になってしまったかも)

反省したニネットは、部屋の一番奥、通路を挟《はさ》んで並んで置かれたベッドに腰掛《こしか》けたティルの隣に座った。

エッダについては、よくティルと意見が食い違う。

ニネットにとっては、エッダは年下の友人であり、ティルと同じように大事な妹分に変わりない。

けれど、ニネットの立場を想《おも》ってくれるティルの優しさも痛いほどわかる。

「ティル、今のは私がよくなかったわ。ティルは私のことを心配してくれたのに、ごめんね」

口を尖《とが》らせたティルの顔を覗《のぞ》き込むと、その瞳《ひとみ》は怒《いか》りに満ちていることがわかる。

「……俺はニネットから全《すべ》てを奪《うば》ったあの親子が憎《にく》い」

「私の代わりに怒《おこ》ってくれているのね？　でも、確かにお継母様に憤《いきどお》る気持ちは……まぁ、わかるっていうか完全に一緒《いっしょ》かな」

「なら……ニネットはこんなに酷《ひど》い目に遭《あ》ってるのに、なんでまだエッダのことだけは信じてるんだよ？　エッダはあのババアの娘《むすめ》だ。絶対にニネットを裏切る」

ニネットは宥《なだ》めるようにしてティルの銀色の髪《かみ》を撫《な》でた。

「お父様がいた頃《ころ》といなくなった後、比較《ひかく》して私たちへの態度が変わらないのはエッダだけでしょう？　エッダとこのお屋敷の中で話していると、あの頃に戻れるんじゃないかって思ってしまうの」

「それにしたって」

「……形勢逆転が難しいとわかったら、怒りは消えちゃったのよね。だって、私は精霊《せいれい》と契約《けいやく》していないんだもの」

ティルが息を呑《の》んだ気配がする。年下の弟分に弱音を吐きたくはないが、たまにこうして本音が漏れてしまうこともある。

精霊の影響《えいきょう》を強く受けるこの世界では、一部の人間は精霊と契約できる資質を持ち、より上位の精霊と契約することこそが強さや裕福《ゆうふく》さの証《あかし》にもなる。

イスフェルク王国の王都サンクにタウンハウスを持つ名門貴族では、特にそういう人間が多く生まれるのだという。

そして、アルヴィエ男爵家が治めるこの聖域サンクチュアリにも、同じような言い伝えが存在する。サンクチュアリはこんなに小さな町なのに、精霊と契約できる人間の割合がとんでもなく高いのだ。

この国では、精霊が見えて契約できる人間の割合は五パーセントほどだといわれているが、サンクチュアリだけに限って見ると十五パーセント程度の人間が精霊と契約できている。精霊が生まれ育つといわれる土地ならではの現象だ。

しかし、ニネットはサンクチュアリを治めるアルヴィエ男爵家に生まれたにもかかわらず、精霊と契約できていない。

その理由は継母にあった。

ニネットの「自分は精霊と契約していない」という言葉にティルが反応する。

「それは、あのババアが俺たちに精霊と契約する許可を出さないからだろう？　あのババアが理由をつけて許可を出さないのは、ニネットが高位精霊と契約するのが怖《こわ》いからだ」

「ティル……大人になれば自分たちで申請《しんせい》して契約ができるから、それまでの辛抱《しんぼう》よ」

「その前に、この家は完全に乗っ取られるよ。中位精霊と契約しているエッダがどこかから婿《むこ》を取ればいい話だ。現に、あのババアは十三歳のエッダにもう縁談《えんだん》を探してる」

イスフェルク王国では、十三歳で精霊と契約する資格の有無《うむ》を確認《かくにん》するのが一般《いっぱん》的だ。

確認には国へ申請し許可を得ることが必要になる。もちろん、後見人が精霊と契約するのに不適だといえば許可は下りない。

それは、サンクチュアリのアルヴィエ男爵《だんしゃく》家ですら例外ではなかった。

どうやら大昔、とある名門貴族に生まれた者が、幼いうちにとんでもなく強大な力を持つ精霊と契約してしまい、精霊に操《あやつ》られて世界に大きな影響を及《およ》ぼしたせいらしい。

当時、事態はなんとか収束したものの、精霊サイドも無傷ではなかったようだ。

それ以来、精霊サイドは『十三歳に満たない人間とは契約をしない』、人間サイドも『精霊と関わっても問題ない人間か審査《しんさ》する』とそれぞれの条件を掲《かか》げた上で関わるようになったと言われている。

ニネットとティルは『教育が行き届いていない』という理由から、継母から精霊との契約可否について確認を許されていなかった。

けれど、今年十三歳になった義妹《ぎまい》のエッダは誕生日に申請が認められ、精霊が見えることを確認し契約した。

エッダに見えるのは中位精霊で、そのこともニネットたちの立場を悪くしている。

(精霊が見える人の中でも、中位以上の精霊と契約できるのはほんの一部だと聞いているわ。少なくとも、このサンクチュアリにはエッダだけ。エッダを跡継《あとつ》ぎにしたいお継母様の気持ちもわからなくはないけれど、ここはお父様の家で、私とティルの家よ。渡《わた》したくない)

ため息をつくニネットの想いを見透《みす》かしたように、ティルは険しい表情をしている。

「この国では、精霊に愛される人間ほど異性を引き寄せると言われている。それに亡《な》くなった旦那様《だんなさま》も高位精霊と契約していた。ニネットだって、きっとすごい精霊と契約できるはずなんだ」

「ティルは物知りね」

「茶化すな。エッダがそれなりにいい精霊と契約できたのだって、この家を乗っ取ったからだろう。精霊が契約者を選ぶにあたって家名を重視することは、王都から来た家庭教師に教わった。アルヴィエ男爵家の名前は精霊にとっても特別だって」

(ティルが言いたいことはわかるけれど、私たちがこの状況《じょうきょう》で家を取り戻すのは現実的ではない……)

話せば話すほど悪い方にしか考えられず、どうにもならない気がした。

空気を変えたかったニネットは、パンと両手を叩《たた》く。

「今夜は寒いわね。一緒のベッドで寝《ね》ましょうか」

「……は」

「ほら、こっち」

ニネットは自分のベッドに入り、ブランケットをめくってぽんぽんと叩く。

半分空けたからここにおいで、のジェスチャーのはずだったのだが、さっきまで厳しい顔をしていたティルは信じられないというふうに目と口を開いた。

まさに、ポカンである。

そしてもう一度繰《く》り返す。

「……は？」

「あれ、来ないの？」

「冗談《じょうだん》だろ。誰《だれ》が一緒に寝るかよ。俺はもう十三歳だ。子どもじゃない」

ティルも『ふざけるな』の顔をしているが、ニネットだって信じられない。

「うそ！　去年までは一緒に寝てたのに……!?」

「それ去年じゃないから！　ここ数年は一緒に寝てないだろ!?」

ティルは半ばヤケクソのように叫《さけ》ぶと、自分のベッドに入って向こう側を向き勢いよくブランケットをかぶってしまった。

(そんな……。そうだったかな。そうだったかも……最近のティルは、本当に難しい……)

さみしいが、弟分の成長は認めなくてはいけない。

ニネットもしぶしぶひとりでベッドに潜《もぐ》り、明かりを消す。

するとティルのベッドの方からぶっきらぼうな声が聞こえてきた。

「ニネット。今は金を貯《た》めて備えて、俺がもう少し大きくなったらこの家を出よう。あいつらを追い出せないのなら、せめて、いつか二人で暮らそう」

「そうね、楽しみ」

その数分後、穏《おだ》やかな寝息《ねいき》だけの静寂《せいじゃく》がやってくる。

(――この言葉は、眠《ねむ》りにつく前の私たちの儀式《ぎしき》のようなもの)

窓の外から差し込む月明かりがほんのり小屋の中を照らしている。

境遇《きょうぐう》を思えば恵《めぐ》まれてはいないが、ニネットにとってはささやかな幸せで満ち足りた毎日。

――その穏やかな日々はあっけなく終わりを迎《むか》えることになる。

第二章 ✦ 生贄と洞窟

数日後。ニネットとティルには朝から屋敷《やしき》の外壁《がいへき》の修理が言いつけられていた。

物置小屋から持ち出した梯子《はしご》をニネットが押さえ、そこにティルが登る。

カンカンカンカンカンというリズムのいい音が庭に響《ひび》く、いつものアルヴィエ男爵家の光景である。

「外壁の修理、ティルもすっかり上手になったね」

「あのクソババアが変な仕事ばっかり押し付けるからな。外壁の修理なんて普通《ふつう》は専門の人間に依頼《いらい》する仕事だろ。この家を出たら、何の仕事だってできる気がする」

「クソババアって言わないの。……でも、ティルは賢《かしこ》いから何にでもなれると思うな。どんな大人になるのか、どんな女の子と結婚《けっこん》するのか、将来が楽しみ」

「……は」

姉として褒《ほ》めたつもりだったのだが、微妙《びみょう》な表情で睨《にら》まれる。

（⁉　ティルの機嫌《きげん》が悪くなっちゃった。ちょっと子ども扱《あつか》いしすぎた？）

しかし、何がそんなに気に障《さわ》ったというのか。わからないでいるニネットに教えてくれることはなく、ティルは自分の時計を取り出して時間を確認した。

「そろそろお昼か。きりがいいところで終わりにしないとな」

「もうそんな時間なのね」

ニネットが時間に驚《おどろ》くと、ティルは梯子を片付けながら気遣《きづか》わしげな視線を送ってくる。

「ニネット。旦那様の形見の懐中《かいちゅう》時計……やっぱりあれがないと不便だろ。今度俺が取り戻《もど》してくるから、待ってて」

「ティルったらまたその話？　この前も言ったでしょう？　いいの、思い出だけあれば」

「でも」

「いいの、この話はもう……」


キャーッ！


おしまい、と続けようとしたところで、屋敷の中からエッダの甲高《かんだか》い声が聞こえた気がした。笑い声というよりは助けを求めるような悲鳴に、不安を覚える。

（何かしら）

「？　ティル、今の聞こえた？」

「ああ」

「エッダよね。どうしたのかな？　行ってみましょうか」

屋敷の中に戻ると、使用人たちがバタバタと二階に向かっているのがわかった。

ざわざわした空気の中、「エッダ様が」「とにかく集まって」そんな声が聞こえるので、ニネットたちも階段を上って皆《みな》についていく。

何かが起きているのは、どうやら二階の奥にある書斎《しょさい》らしい。

ニネットの父親が亡くなってからというもの、書斎自体はほとんど使われていない。けれど、書斎にはアルヴィエ男爵《だんしゃく》家に関わる古い本がたくさんしまってあるライブラリーも置かれていて、エッダはたまにそこで勉強をしているようだった。

以前はニネットやティルもよく過ごした、思い出深い場所だ。エッダの悲鳴が聞こえたのは、その書斎のライブラリー部分だった。

書斎にはすでに屋敷中の使用人が集まっていて、その真ん中でエッダは継母《ままはは》に慰《なぐさ》められながら床《ゆか》に座り込み泣いていた。

周囲には分厚い本が転がっている。

「エッダ、どうしたの……？」

恐《おそ》る恐る声をかけると、エッダは泣き腫《は》らした顔を上げた。

膝《ひざ》の上には古い本が開いたまま置かれていて、嫌《いや》な予感がした。

「ニネット……さっき書斎の奥でこの古い本を見つけたの。私の契約精霊《けいやくせいれい》が読み解いてくれたんだけど……。その内容が」

エッダはそこで言葉を詰《つ》まらせ、俯《うつむ》いてしまう。

（エッダはお告げを受けたんだわ）

精霊はあらゆるものを通じてお告げをもたらすことがある。エッダの様子から察するに、あまりよくない種類の言葉を受け取ってしまったのだろう。

皆、息を呑《の》んでエッダの次の言葉に注目している。

「……精霊は何と？」

「――〝この本は厄災《やくさい》を封印《ふういん》していた。見つかったことで、封印は解かれた。この町には災《わざわ》いが降りかかるだろう〟って……」

「……！」

一瞬《いっしゅん》で書斎中に動揺《どうよう》が広がった。

集まっている使用人たちが一様に騒《さわ》ぎ出す。

「どういうことだよ」

「災いって……」

「サンクチュアリはどうなるんだ」

平静さを失っているのが伝わってくる。

ニネットも同じだった。

(何てことなの)

本来、精霊によるお告げは、高位精霊と契約しているものにしか下りてこないことになっている。

しかしごく稀《まれ》に、中位精霊がこの役割を果たすこともあるのだという。

エッダの契約精霊が読み解いた『お告げ』は、この珍《めずら》しい類《たぐい》のものなのだろう。

もしこれが精霊からの知らせなら、エッダが今日この古い本を見つけたことまでも『お告げ』の範囲《はんい》だということになる。

真偽《しんぎ》や精度の違《ちが》いは気になるところだが、エッダよりも高位な精霊と契約している人間は王都にしかいない。今はエッダを信じるしかなかった。

「それで、どうしたらいいの？　対処法も教えてくれたのよね……？」

ニネットの問いかけに、エッダは肩《かた》を震《ふる》わせた。

「この領主の家から、ひとり……生贄を捧《ささ》げろと」

「「「！？！？」」」

書斎にはさっき以上のどよめきが広がる。

(そんな！　厄災をまた封印するためには生贄が必要だってこと？)

確かに、歴史では精霊とのやり取りの中でそういう事態になったことがあるとは聞いたことがある。

けれど、そのどれもがすでに『大きな厄災』が生じた後のことだったはずだ。それらを鎮《しず》めるために生贄を捧げ、精霊と交渉《こうしょう》するのが最後の手段になる。

しかし、それらは歴史書に載《の》っているような遠い昔の出来事のはずで。

驚きはしたものの、正直なところニネットには現実味がない話だった。

(そんな。何かほかに方法があるわ。だって、誰《だれ》かを犠牲《ぎせい》にするなんてそんな……)

呆然《ぼうぜん》と立ち尽《つ》くすニネットの目の前で、エッダは古い本を抱《だ》きしめ、力無く立ち上がる。

頬《ほお》には涙《なみだ》が光り、目は真っ赤に染まっている。

そうして、可憐《かれん》な笑《え》みを浮《う》かべた。

さっきまで泣きじゃくっていた少女の健気《けなげ》な姿に、書斎に集まった使用人たちのざわめきはどこかへ吸い込まれて消えていった。

静寂《せいじゃく》の中、手を差し出そうとしたニネットの前。エッダは決心したように口を開く。

「うん、決めた。私が生贄《いけにえ》になるわ」

「!?　エッダ、あなた何を言っているの!?」

金切り声で叫《さけ》ぶ継母の声とは対照的に、エッダは穏《おだ》やかだった。

(そうよ、何を言っているの。生贄になる必要なんて……)

そう言おうと思うのに、言葉が詰まる。その先に待ち受けている展開が見える気がして、ニネットの本能が話すことを拒否《きょひ》している。

涙を浮かべたまま何とか笑おうとするエッダのいじらしさに目が離《はな》せないでいると、弱々しくはありながらも、凛《りん》とした声音《こわね》が書斎に響いた。

「この本を見つけて開いてしまったのは私だから、私に責任があるの。自分で何とかするわ。……それに私はアルヴィエ男爵家の娘《むすめ》だもの。死ぬのは怖《こわ》いけど、皆を守るためなら大丈夫《だいじょうぶ》です」

「そんなの絶対にダメよ！　お母様が許しません」

継母が厳しく制すると同時に、やがて恐れていた声がニネットの耳に届いた。

「……この家にはエッダ様以外にもふさわしい人間がいるじゃありませんか」

（……!?）

全身を鋭利《えいり》な刃物《はもの》で貫《つらぬ》かれたようだった。

さっきから何となく気がついていたけれど、見ないふりをしていたその事実に全身から血の気が引いていくのを感じる。

肩も腕《うで》も手も胸も足も、全部が冷たい。

唇《くちびる》が震えて乾《かわ》いて、何の言葉も口にできなかった。

これまでに経験したことのない恐怖《きょうふ》が、ニネットの全身を包んでいく。

けれど、逃《のが》れようのないことだということもわかる。

だって、アルヴィエ男爵家の一員といえば、あとはもうその人間しかいない。

「そうです。その人間を捧げればいい」

「エッダ様は大切な方です。行く必要はありませんわ」

「その崇高《すうこう》なお気持ちだけで十分です」

次々に続く言葉を聞きながら、ニネットは顔を上げられない。

皆が自分を見ていると思えば思うほど、しっかり立たなければと思うのに両足が震える。

(つまり、皆は私に生贄になれと言っているんだわ。でもそんなの絶対に嫌。お父様もお母様もいない、こんな家のために死にたくない)

絶望に包まれる中、ニネットを動かしたのは、継母でもエッダでもなかった。


「――俺が行きます」


「ティル!?」

反射的に顔を上げると、まっすぐに継母を見つめるティルの姿があった。

その顔つきはこれ以上なく強い意志を感じさせ、いつもの印象とは比較《ひかく》できないほどに精悍《せいかん》だ。ひと目で、本気なのだとわかる。

「ティル、待って」

「旦那《だんな》様は俺を正式な養子としてこの家に迎《むか》え入れてくださいました。つまり、俺にも生贄になる資格はあるはずだ」

ティルはニネットの言葉には耳を傾《かたむ》けず、ただ継母に直訴《じきそ》する。

その姿を見て、冷え切っていた全身に温度が戻《もど》る。怖くて動かなかった体に感覚が戻っていく。

（ティルを行かせるわけにはいかない）

「だめよ。私は絶対にティルを行かせたりしないわ」

「俺だってニネットを行かせない」

「でも」

「そうよ。ティルが生贄になるなんて、私嫌《いや》よ」

エッダも引き留めたところで、継母《ままはは》が困ったようにため息をつく。

「……わかったわ。この件については改めて結論を出しましょう」

結局、誰が生贄になるかは後日改めて決めることになった。

けれど、迷わずに生贄になることを申し出たティルを見ていたニネットの意思はすぐに固まった。

(私ったら何を怯《おび》えていたの。アルヴィエを名乗るのはこの家で四人だけ。私が行かなければ、ティルが危険にさらされるのはわかりきっているのに)

厄災が降りかかる前に、サンクチュアリからティルと二人で逃《に》げ出すという選択肢《せんたくし》もある。

けれど、どちらにしろ生贄を捧げなければ厄災が収まらないのなら、継母と町の人々は何としてでも二人を捜《さが》し出すだろう。

お金も、精霊《せいれい》との契約《けいやく》もない自分たちに、逃げることは不可能なはずだ。

何よりも、十六年しか生きていないニネットの人生はサンクチュアリが全《すべ》て。

何の準備もなしに追っ手から逃げつつ知らない町で生きていくことは、さらにティルに苦難を強《し》いる選択肢に思えた。

(でも、私が行けば少なくともティルが死ぬことはない。ティルは賢《かしこ》くて強い子だもの。私がいなくてもきっと立派にやっていけるはず)

覚悟《かくご》を決めたニネットは、継母の部屋の扉《とびら》を叩《たた》いたのだった。

数日後。

離れの物置小屋の前、ニネットは呼吸を整えて覚悟を決めていた。

これから、自分はティルに嘘《うそ》をつく。しかも、ティルの心に一生の傷を残すかもしれないひどい嘘だ。

(それでも、ティルが生きてくれるのならそれでいい。いつか、ティルもきっとわかってくれるわ)

さっき、エッダにティル宛《あて》の手紙を託《たく》してきた。自分が生贄として捧げられた後、ティルに読んでもらうためのものだ。

(ティルにはこの家を出て幸せになってもらいたい。精霊との契約をする際にはアルヴィエ男爵《だんしやく》家の家名があったほうがいい。だから、大人になるまではこの家で耐《た》えて、精霊と契約した後に家を出るようにと)

十三歳のティルには酷《こく》かもしれないが、ティルは賢い。きっとニネットの思いを汲んでくれることだろう。

ニネットはゆっくりと息を吐《は》き、物置小屋の扉を開けた。

「ねえ、ティル。お願いがあるのだけれど」

「？　改まってなんだよ」

部屋で休憩《きゆうけい》していたティルは、手もとの本をパタンと閉じた。こちらの空気を感じ取ったようだ。

もうこれ以上シリアスな空気を悟《さと》られないように、ニネットはえへっと柄《がら》にもない笑い方をする。

「悪いんだけど、この前のお父様の形見の懐中時計《かいちゅう》、取り戻してきてくれない？　やっぱり恋《こい》しくなっちゃって」

「……そんなこと？」

「ごめんね。本当は自分で行くべきなのだけれど、なんか気まずいし」

「すぐに行ってくるから待ってて」

ティルはサッと立ち上がると上着を持ち小屋から出て行こうとする。

口は悪いけれど、ティルはニネットのお願いを拒否《きょひ》することはほとんどない。いつだって進んでニネットのために何かしてくれるし、慕《した》ってくれる。

最近はティルのことが『難しい、よくわからない』と思うことも増えていたけれど、弟として自分を慕う姿には変わりはなかった。

（大きくなったなぁ……）

父親がティルをこの家に連れてきた日、自分を見上げていたまんまるの深い青の双眸《そうぼう》が思い浮《う》かぶ。

戸惑《とまど》っているはずなのに、感情を出すことを諦《あきら》めた瞳《ひとみ》。

その子が、こんなに優《やさ》しくてしっかりした子になるなんて。

視界がにじみそうになって、ニネットはあわてて目を瞬《しばたた》く。

(だめだめ。ただのおつかいを見送るのに泣いたらおかしいもの！　……でも)

これぐらいなら、とニネットは後ろからティルをぎゅっと抱《だ》きしめた。

「!?」

出かける支度《したく》をしていたところを抱きしめられたティルが驚《おどろ》いている。

けれどニネットは続けた。

「ティル。私、ティルのことが大好きよ」

「ニネット……？」

明らかな困惑《こんわく》が伝わってくるが、ニネットにとってこれは一生の別れだった。ふざけて言ったつもりが真剣《しんけん》な響《ひび》きになってしまい、自分でもしまったと思った。

でも、かと言って撤回《てっかい》するつもりもない。ティルの少年らしく薄《うす》い肩《かた》をぎゅっと抱きしめる。

(最近のティルは私にべたべたされるのを嫌《いや》がるけど……でも、今日だけは許してね)

すると、ティルから緊張《きんちょう》を帯びた声色《こわいろ》で返事が戻ってきた。

「……ニネット。今は懐中時計を早く取り戻したいからすぐに出るけど、戻ったら俺の話を聞いてほしい。いつもみたいに子ども扱《あつか》いしないで、ちゃんと」

「ええ、わかった」

「じゃあ行ってくる」

ニネットが頷《うなず》くと、ティルは走って物置小屋を出て行った。

相当に急いでくれているのだろう。背中はあっという間に小さくなる。

それを見送りながらやっとニネットの頬《ほお》を涙《なみだ》が伝う。冷たい涙が物置小屋の床《ゆか》に落ちた。

「ティル、ごめんね……」


ティルとの別れを終えた後、生贄《いけにえ》用の真新しいドレスに着替《きが》えさせられたニネットは町外れにある洞窟《どうくつ》までやってきていた。

(こんなドレスに袖《そで》を通すのはお父様が亡《な》くなって以来かもしれないわ)

白くて飾《かざ》りの少ないドレスは着心地《きごこち》がいい。あの継母が、これから死ぬ自分のためにこれを準備してくれたのが不思議なほどの上等な品だ。

関係ないことを考えてしまうのは、死が迫《せま》っているからこその現実逃避《とうひ》なのだろう。

誰《だれ》もいない、ひんやりとした洞窟の中を歩きながらニネットは涙を拭《ふ》く。

「ティルに嘘をついて出てきちゃった。私って最低ね」

もし、生贄になると正直に言えば、ティルは間違《まちが》いなく身代わりになると言い、それが叶《かな》わないのなら一緒《いっしょ》に来ようとしただろう。

共倒《ともだお》れにならないためにこうするしか方法がなかったのだが、ティルの心に傷を残したかもしれないと思うと胸が痛かった。

自分に『ティルが生きられるのならいい』と言い聞かせ、少し落ち着きを取り戻《もど》したニネットは洞窟の中を観察し始めていた。

「それにしても、お継母《かあ》様にはただ洞窟の中で大人しく待っていればいいと言われていたけれど……何を待つのかしら」

この洞窟は入り口こそやっと人が横に並んで通れるほどの広さだったが、中は相当に広く奥行きもある。

足元には大小の岩石が転がっていて、ニネットの薄い靴《くつ》では歩きにくかった。

どこかから漏《も》れてくる光が差し込んでいて、薄暗《うすぐら》さは感じるが視界は確保できている。

けれど、こんな場所なのに不思議と不気味さは感じない。何か神聖な空気で満たされているような気配さえ感じる。

何かに導かれるように、ニネットの足は自然と奥へ奥へと進んでいた。

ポタポタと水滴《すいてき》が落ちる音がしてくる。この先には泉でもあるのだろうか。

(この洞窟はサンクチュアリの中でも神聖な場所として知られているのよね。たとえ遊び

でも足を踏《ふ》み入れてはいけないと言われていた)

ここのことは、父親から聞いたことはある。『特別に選ばれし人間』だけに許される場所なのだとか。

その『特別に選ばれし人間』とは生贄のことなのかと思うと、忘れかけていた恐怖《きょうふ》を思い出し、体が震《ふる》える。

(逃《に》げたい。でもそんなわけにはいかない)

自分の体を抱きしめて立ち止まったところで、何かが聞こえた。

「…………」

「…………ぞ」

(これは人の声?)

入り口の方から小さな声が響いてきて、ニネットは振《ふ》り返った。

状況《じょうきょう》が把握《はあく》できないでいるうちに、その声はどんどん大きくなっていく。

「……今回の買い物は上玉らしいな」

「大金を払《はら》ったんだ。さらに高く売り飛ばせる上玉じゃないと困るだろ」

一人ではない。複数の、酒焼けしてしゃがれた声だ。

あまり良くない類《たぐい》の人間のものだろう。神聖な場所のはずなのに、どういうことなのだろうか。

（しかも、会話の内容が物騒《ぶっそう》だわ）

声は、今ニネットが歩いてきたばかりの方向から聞こえてくる。

何となく身の危険を感じて、ニネットは隠《かく》れるところがないか周囲を見回した。

（あ、あそこ！）

洞窟の奥に、小さな窪《くぼ》みが見える。ニネットが屈んでやっと入れそうな大きさだ。

男たちの声はどんどん近づいていて、洞窟に響き渡《わた》っていた。

迷っている暇《ひま》はない。

ニネットは急いで身を縮めると、窪みに飛び込んだ。

（ここなら、見つからずにやり過ごせるかもしれない……って、えっ⁉）

思わず声が出てしまいそうになったのをあわてて我慢《がまん》した。

なぜなら、窪みはトンネルのようになっていて、その先には大きな空間があったからだ。

奥へと隠れようとしたニネットはトンネルを潜《くぐ》り抜《ぬ》けてしまった。目の前に広がる光景に、固まってしまう。

そこは、岩に囲まれた花畑だった。

向こう側は足元が岩だらけだったのに、ここにはたくさんの花が咲《さ》いている。その中には精霊花《せいれいか》と呼ばれる特別な花があるのも見えた。

地面を埋《う》め尽《つ》くすほどの花畑の真ん中に、不思議な石碑《せきひ》があって、その真上からは青白い光が降り注いでいる。

「何だか神秘的な場所だわ」

ニネットは立ち上がると頭上を見上げた。

ここは確かに洞窟の中なのだろう。しっかり岩で覆《おお》われているのだが、青白い光を反射して明るくなっている、不思議な場所だ。

気がつくと、引き寄せられるようにして中央の石碑の前に立っていた。

古びたその石碑は、何百年も前から当たり前にここにあるような佇《たたず》まいをしている。

「何か書いてある……？」

土埃《つちぼこり》で石碑の文字がよく見えない。

それを払おうとして石に触《さわ》ると、眩《まばゆ》いほどの光が広がる。

(眩《まぶ》しい！)

あまりの眩しさに思わず目を閉じてしまった。

まぶたの裏の白さが晴れないうちに、かわいらしい子どものような声が響く。

『こんにちは！　お名前を教えて？　ご主人様！』

「………」

(え？)

ニネットはただただ目を瞬《しばたた》くばかりだ。それもそのはず。目の前には、見慣れない生き

物が飛んでいた。

それは、少年のような見た目をして背中には羽が生えている。ふわふわと飛び回るその小さな生き物は、今にもニネットの手の中に着地しそうだった。

ぽかんとして目を見開いたままのニネットだったが、その生き物は特に気にしていない様子で無邪気《むじゃき》に話し続けている。

『あっ、ごめん！　最初に名乗るのが人間のマナー？　だっけ。ぼくは精霊のニーヴ』

「しゃ、喋《しゃべ》った……」

『そりゃあ喋るよ。ぼくはサンクチュアリの高位精霊だもん。精霊の愛《いと》し子なご主人様としか契約《けいやく》しないんだよ？』

(高位精霊、ってこの子が……？　というか、精霊の愛し子って誰のこと……？)

戸惑《とまど》うばかりのニネットだったが、ニーヴと名乗ったこの精霊はニネットの名前を知りたいらしい。

「私は……ニネット。ニネット・アルヴィエ」

『よろしく、ニネット！　ここまできてくれるなんてうれしいな。やっぱりアルヴィエの人間なんだ。家名を聞く前に契約しちゃったけど、正解だよね』

この『ニーヴ』は重要なことをたくさん言っている気がするが、意味がわからない。

けれど、ニーヴがにっこり笑ったところで外にいる男たちの声が間近に聞こえた。

「いねーな」

「約束が違《ちが》うじゃないか」

（……⁉　ここにいることを悟《さと》られてはいけない気がする）

怒《いか》りを孕《はら》んだ声に、全身がぴりりと反応する。

ニネットはあわててニーヴを抱《だ》きかかえると、窪みの隙間《すきま》から見えない場所に移動してしゃがみ込んだ。

息を殺して、男たちが去るのを待つ。

「なんだよ。金だけ取って騙《だま》されたってことか？」

（騙された、ってどういうこと……？）

俄《にわ》かに疑問が浮《う》かび上がる。

恐《おそ》らく、彼らは『誰《だれ》か』とここで待ち合わせをしていたのだろう。

そのここにいるはずの『誰か』がいないから怒《おこ》っているのだ。

男たちはニネットの疑問に答えるように会話を続けた。

「そもそも、あのエッダとかいうお嬢《じょう》さんを使って偽の厄災《やくさい》を予言させ、上の娘《むすめ》を生贄《いけにえ》として差し出させる案を考えたのはアルヴィエ男爵家《だんしゃく》の未亡人だぜ⁉」

「売られた娘が逃げたって線はないか？」

「ねえよ。逃げ出さないよう、男爵家の馬車が洞窟《どうくつ》の入り口を見張ってただろ？」

（どういうこと）

会話を聞きながら、心が奥底まで冷えていく。

唇《くちびる》が、指先が震える。

（私は厄災を祓《はら》うための生贄じゃなかったの？　古い本も、精霊によるお告げも……全部嘘《うそ》だったってこと……？）

ニネットとティルに使用人のような生活を強《し》い、虐《しいた》げている継母《ままはは》のことはそこまでショックではない。あの継母ならやりかねないとも思う。

けれど。

（今の会話からすると、エッダも今回の件に関わっているということよね……）

これまで、継母との関係に困っているニネットを助けてくれたのはいつもエッダだった。

継母にお説教をされていれば間に入ってくれ、父親が生きていたころもニネットたちが継母に虐げられているといろいろと気遣《きづか》ってくれてきたはずだ。

（そんな……嘘よ）

可憐《かれん》な義妹《ぎまい》の笑顔《えがお》が脳裏《のうり》に浮かぶ。

精霊からのお告げを受けて、健気《けなげ》に『死ぬのは怖《こわ》いけど、皆《みな》を守るためなら大丈夫《だいじょうぶ》』と涙《なみだ》を浮かべて笑ってみせたエッダ。ティルへの別れの手紙を託《たく》したとき、ニネットを抱きしめて泣いていたエッダ。

あれが嘘だったなんて信じられない。

ニネットが真実を受け入れられず呆然《ぼうぜん》としている一方で、男たちは早々と切り替《か》えたようだった。

「もう少し待ってみるか？」

「いや、アルヴィエ男爵家に行ったほうが早いだろう。この洞窟の周辺を捜《さが》した上で向かおう。それに、外にまだ馬車がいるかもしれない」

「……るほど、そうだな。金だけ取られてたまるかってんだ」

「…………しょう」

「…………」

声がだんだんと遠ざかっていく。

息を殺して会話に耳をそばだてていたニネットは、何も聞こえなくなった洞窟内で膝《ひざ》を抱《かか》えた。

「……そんな」

『もしかしてニネット、悪いやつらに騙された？』

腕《うで》の中から抜け出したニーヴが翔《と》び上がり、心配そうに顔を覗《のぞ》き込んでくる。

「そうみたい。私は生贄になるためにここにきたのだけれど、実際には今の男たちへ売られたみたい」

ぱちり。

答えた瞬間《しゅんかん》、花畑の端《はし》に転がっていた石がふわりと浮き上がった。

『――つまり、ニネットのお家《うち》の人が精霊《せいれい》の名を騙《かた》ってニネットに悪さをしようとしたってこと？』

「ニーヴ⁉」

さっきまで笑顔で話していたはずのニーヴが怖い顔をして周囲の石を巻き上げている。

驚《おどろ》いていると、どこからともなく地響《じひび》きが聞こえ地面が揺《ゆ》れはじめた。

『許せない。人間は精霊の恩恵《おんけい》をうけるサンクチュアリに住む意味をわかっていないんだ。豊かさを得られるかわりに、危険と隣《とな》り合わせになるってことなのに。よりによって、大事な「愛し子」のニネットに何てことをするんだ！』

「ニーヴ……⁉　待って、何をするつもりなの⁉」

声を張り上げたものの、ニーヴにはニネットの声が届いていないようだ。目を見開き、怒りの形相でわなわなと震《ふる》えている。

それに呼応するように周囲の空気が揺れ始め、天井《てんじょう》からぱちぱちと音を立てて小石が落ちてくる。

（怒りで己を見失っているわ！　このままだと、洞窟が崩壊《ほうかい》しちゃう）

「ニーヴ、落ち着いて。そのおかげで私はニーヴと契約できたんだもの！」

幸い、ニネットの叫《さけ》びはニーヴに届いたようだった。

『……そっか？　それもそうだよねえ。それなら結果オーライ？』

一転して明るい声が聞こえた後、ニーヴはまたさっきまでの無邪気な笑顔に戻《もど》った。

（よかったわ。落ち着いてくれたみたい。精霊って、契約した相手のためにここまで怒ってくれるものなのね……）

驚いてしまったが、ニーヴの怒りは自分に代わってのものだ。

自分の代わりに怒ってくれる存在なら、弟分のティルも同じだった。それを思うだけで気持ちが落ち着く気がする。

そして、この洞窟の中にはニーヴのほかにもキラキラした光が飛んでいることに気がついた。

「ここ、何かが飛んでいるわ……何？」

『ああ、ぼくと契約したから見えるようになったんだね。この光はみんな下位精霊と中位精霊だよ。これまでもニネットの近くにはいたんだけど、ニネットがどの精霊とも契約してないから見えなかったし、みんなの力も届かなかったんだよね』

「精霊ってこんなにたくさんいるのね！」

『うん！　この洞窟が特別な場所だっていうのもあるけどね。精霊と契約すると、自分の契約精霊よりもランクが低い精霊は全部見えるようになるんだ。ぼくは高位精霊だから、ニネットに見えない精霊はいないと思う』

「……なるほど」

思いがけず、自分はとんでもない精霊と契約してしまったようだ。

そしてあらためて現状を振《ふ》り返る。

(アルヴィエ男爵家から生贄を捧《ささ》げなければいけないというのは嘘だったのよね。つまり、私は死ぬ必要はないから、ティルにまた会える……！)

これから家に戻った後、どんな弁解を聞くことになるのかと思うと頭が痛い。

しかし少なくともこの事件は、サンクチュアリのアルヴィエ男爵家として精霊の名を騙り、この国の平和を崩《くず》そうとしたとして、継母を家から追い出すのに十分な理由になる気がした。

(私たちの人生に光が差すきっかけになるかもしれない)

そう思えば、悪いことばかりではないようにも思える。

安堵《あんど》したニネットはニーヴに問いかけた。

「ねえ、ニーヴ。せっかく相棒になってくれたんだもの。この際、これまでの話を全部聞いてくれる……？」

『もちろん！　ニネット、仲良くしようね』

すぐに家に帰ればよかったのだが、まだあの男たちが周辺をうろついているかもしれないと思うと外に出る勇気が出なかった。

加えて、窪《くぼ》みの中の空間は快適な気温に保たれていて意外と居心地《いごこち》がいい。

昨夜は不安と恐怖《きょうふ》で眠《ねむ》れなかった。そんな中で急に飛び込んできた、死なずにすんだという安堵と、またティルに会えるという喜びと、精霊と契約《けいやく》ができて将来に希望が持てるという期待と。

ニネットは洞窟《どうくつ》に座り、ニーヴと話しているうちにうっかり眠ってしまったのだった。


――翌朝。

花畑の中で目を覚ましたニネットは、洞窟の外へと向かっていた。

さすがに、あの男たちももういないだろう。早く家に帰ってティルに会いたい。

「あの男たちをやり過ごすためだったのに、すっかり眠っちゃったわ」

『早く戻ろう。ニネットのお家楽しみだなぁ。話にあった継母と義妹はぼくがやっつけてあげるからね』

（精霊って、かわいいけれどちょっと過激すぎない？）

昨日、ニーヴが洞窟を崩壊させそうなほど怒《おこ》り出したことを思い出して遠い目をする。

アルヴィエ男爵《だんしやく》家の屋敷《やしき》は大きいが古い。ニーヴの怒《いか》りひとつで吹《ふ》き飛んでしまいそうだ。自分の味方でいてくれるのは心強いが、気をつけた方がよさそうではある。

そんなことを考えながら洞窟の出口まで辿《たど》り着き、そこに咲《さ》いている珍《めずら》しい花を目にしてニネットは首を傾《かし》げた。

「これは精霊花だわ。来たときにあったかしら？　珍しい花だから、咲いていたら気がつくはずなのだけれど」

この洞窟は高台にある。

いつもなら、視線をあげるとそこには町の全景が見える。

行きつけの商店や民家が並び、田舎町なりに賑《にぎ》わいを見せる馴染《なじ》み深いサンクチュアリの光景があるはずだった。

——けれど、今日は何もなかった。

そこには崩壊してボロボロになった町の残骸《ざんがい》が果てしなく広がっていた。

かつては家だったもの、お店だったもの。

それらの瓦礫《がれき》と傾《かたむ》いた木。

生き物の呼吸の音すら聞こえない、無機質な世界。

つい半日前までは町だったはずのそこに、辺り一面の荒野《こうや》だけがあった。

「なに……これ……」

自分の目が映す光景が信じられなかった。

(ここは何。どこなの。サンクチュアリはどこ)

ニネットは震える足でただ立ち尽《つ》くすことしかできない。

昨日まで自分が暮らしていたはずの町が、一夜にして消えているのだ。到底《とうてい》受け入れられるはずがなかった。

(もしかして『厄災《やくさい》』が起きたの？　ううん、違《ちが》う。だってあれはお継母《かあ》様とエッダの作り話だったはずなのに)

事態を呑《の》み込めず呆然《ぼうぜん》とするニネットだったが、少し離《はな》れた場所でガラガラと鳴っていた馬車の音が止まる気配がした。

「こんなところで何やってんだ」

怪訝《けげん》そうに話しかけてきた声の主は、振り向くことすらできないニネットに続けた。

「──ここは八年前に滅《ほろ》びた町だぞ」

（……⁉）

滅びた、という表現に全身が硬直《こうちょく》する。それから少し遅《おく》れて『八年前』という言葉が耳に入った。ますます理解が追いつかない。

「滅びたって……」

「？　知らないでこんなところにいたのか？」

無遠慮《ぶえんりょ》に告げられる言葉を全身が拒絶《きょぜつ》する。

（そんなはずない。だって。だって、ここは昨日までは人がたくさんいて、サンクチュアリっていう大切な町があって、ティルがいて……）

「ここにいた人々は⁉　八年前って何かの間違《まちが》いでしょう⁉　だって、私は昨日まで——」

「俺に聞かれても」

思わず見上げた声の主は、黒髪《くろかみ》の男だった。

サンクチュアリでは滅多《めった》に見ない洗練された服を着ていたが、ニネットはそれどころではない。

彼に食ってかかったものの、咳《せ》き込んで倒《たお》れてしまった。

（⁉　何これ。息ができない。息は吸えるけど、肺に何かが刺《さ》さるみたい）

「苦し……っ」

「大丈夫《だいじょうぶ》か？　……とにかくついてこい。精霊《せいれい》に縁深《ゆかりふか》い町がこんな滅び方をしたんだ。人が住める状態ではないし、あまり長居しないほうがいい」


ライモンド・クレーティと名乗った彼は、取り乱すニネットを馬車に乗せてくれた。

二十代半ばに見える彼は王都に拠点《きよてん》を持つ大きな商会を営む商人で、地方に商品を運んだ帰りだったらしい。

自分が座っていたらしい荷台のクッション付きの座席を空け、混乱して泣き喚《わめ》くニネットを座らせ一人にしてくれた。

『あの人、いい人みたいだね』

「……ええ」

すっかり憔悴《しょうすい》したニネットは、馬車の窓辺に座り気遣《きづか》ってくれるニーヴの言葉に頷《うなず》くのがやっとだ。

けれどどんなに泣き叫《さけ》んでも、ここが八年後の世界だというのは本当のことのようだった。さっき立ち寄った町で目にした新聞やカレンダーの日付は、確かに八年後のもの。

受け入れたくはないが、事実として見せられては信じるほかない。

（一体何がどうなっているのかわからないわ）

ライモンドの説明によると、ニネットが洞窟に入った日、サンクチュアリは未曾有《みぞう》の大《おお》嵐《あらし》に襲《おそ》われたらしい。

奇跡《きせき》的に死者は出なかったものの、多数の怪我《けが》人が出たほか、サンクチュアリにあるほぼ全《すべ》ての建物が倒壊《とうかい》したということだった。

一晩にして町はボロボロになり、なぜか空気が薄《うす》くなって人が長時間滞在《たいざい》できる場所ではなくなってしまった。

それから一月もしないうちにサンクチュアリから人は去り、草木は枯《か》れ、町は滅びた。

イスフェルク王国では特に重要な場所だったはずのサンクチュアリだが、その場所がありえない滅び方をしたのだ。

精霊の怒りを買ったものと理解され、国もこれ以上刺激《しげき》しないという判断に至ったらしい。

八年が経過した今も、町はそのままになっている。

ニネットの肩《かた》の上でしゅんとしていたニーヴがおずおずと教えてくれた。

『あの洞窟はサンクチュアリの心臓と言えるほどに特別な場所だったんだ。あそこで起きたことを精霊は全部知っている。町の人が愛《いと》し子のニネットにひどいことをしたから、皆《みな》が怒って町を終わらせたんだと思う。時間がおかしいのもそのせいかもしれない』

「やっぱり、私はあの洞窟の中で八年間を過ごしてしまったということ……？」

『たぶん。愛し子でないとぼくのところには辿り着けないことになってるんだけど、今思えばそれが時空の歪《ゆが》みなのかな』

ニーヴは責任を感じているらしく、目に涙《なみだ》を溜《た》めてしょんぼりしている。

それを優《やさ》しく撫《な》でたニネットは、唇《くちびる》を嚙《か》んだ。

（こうなったのは、お継母様が精霊を利用して悪巧《わるだく》みを働いたことが原因だわ。ニーヴや精霊たちは全然悪くない）

けれど。

「ティルはどうなったの……」

言葉にしてしまうと、涙がこぼれていく。

自分を慕《した》ってくれる、大切な弟分の顔が頭から離れなかった。

数日後、王都に到着《とうちゃく》したニネットを待っていたのは、これまで見たことがないほどに大きなお屋敷《やしき》だった。

田舎《いなか》のアルヴィエ男爵邸《だんしゃくてい》しか知らなかったニネットはぽかんと口を開ける。

「大きなお屋敷だわ……」

「そうか？　そういえば、名前を聞いていなかったな？」

「！　……ニネット・アルヴィエです。この度《たび》は助けていただき何とお礼を申し上げたらいいのか」

確かに名前を告げていなかったことに気がついたニネットは、あわてて姿勢を正す。

ニネットが落ち着いてきたのは本当に最近のことで、それまでは自分に声をかけて助けてくれたライモンドとまともに話すことすらできなかったのだ。

(この人が助けてくれなかったら、私は事情もわからないまきっとあそこで死んでいたわ。感謝してもしきれない、命の恩人)

深々と下げた頭を上げると、ライモンドがこちらを凝視《ぎょうし》しているのがわかった。

まるでニネットの名前に心当たりでもあるような、意味深な視線である。

「あの、何か？」

「いや、何でもない。だが、サンクチュアリはもう消えたんだ。その家名はもう使わないほうがいいとは思う」

「……わかりました」

(もしかして、何かトラブルに巻き込まれる可能性があるということかしら)

この数日間の旅で、ライモンドが何の意味もなくこういうことを言うタイプではないのはわかっていた。

八年の間に起きたこと全てを把握《はあく》していない以上、従うべきだろう。

消えた故郷のことを思い出しまた暗い顔をしかけたニネットだったが、とんでもないことに、ライモンドは背中をバシバシと叩《たた》いてきた。

「ほら、せっかく王都に来たってのに、そんな暗い顔すんな。王都にはいい男がたくさんいるぞ？　冷徹《れいてつ》な貴公子と噂《うわさ》のベルリオーズ公とか」

「すみません……何も知らなくて」

「あー確かに、八年前で記憶《きおく》が止まってたら知らないかもしれないな。ベルリオーズ公はある日突然《とつぜん》社交界デビューしてその日から多くの令嬢《れいじょう》たちの心と視線を釘付《くぎづ》けにする完璧《かんぺき》な公爵様《こうしゃく》だ。イケメン見たらきっと元気が出るぞ？」

ライモンドのふざけた言い方に、思わず脱力《だつりょく》してしまう。

ふわふわと飛んでいたニーヴが肩の上に止まり、心配そうに聞いてくれる。

『ニネット、もしかして困ってる？　このライモンドのこと黙《だま》らせよっか？』

「!?　ううん、いいの、大丈夫。この人は私を元気づけようとしてくれているだけだから」

過激な精霊をあわてて止めると、ライモンドが眉間《みけん》に皺《しわ》を寄せた。

「何だ？　ひとりごとか？」

「あっ……いいえ、何でもありません！」

（いけない。ニーヴは皆に見えないんだもの。おかしいと思われてしまうわ）

八年の月日が経《た》っても、イスフェルク王国の在り方は変わっていなかった。

八年前と同じように『精霊《せいれい》との契約《けいやく》の有無《うむ》、契約している精霊のランク』が個人の地位を左右する。

この数日間、ニネットはいろいろな人に出会ったが、ニーヴのことが見える人にはまだ出会っていない。

精霊と契約している人間が多く集まると言われている王都に入ってからもそうだったのだから、ニーヴが想像以上に高位の精霊なのだろうということは予想がつく。

(これ以上のトラブルは避《さ》けたい。だから、ニーヴのことは誰《だれ》にも言わないほうがいい)

そう決意したところで、ライモンドが話題を変えた。

「ところで、これからどうするんだ？　うちはクレーティ商会を営む商家だ。部屋は潤沢《じゅんたく》にある。行き場がなければうちに住むといい」

「わ、私をここにおいてくださるのですか？」

信じられない提案に、ニネットは目を瞬《しばたた》く。

「ああ。だが客人としてじゃない。ここにいる間は、うちの商会の従業員として働いてもらう。俺も働き手が増えるのは好都合だからな」

(とってもありがたい提案だわ)

ニネットの故郷も家ももうない。頼《たよ》れる人がいないニネットにとっては、これ以上ない申し出だった。

これ以上迷惑《めいわく》をかけるわけにはいかないと思いながらも、とある希望が胸に灯《とも》る。

(彼は仕事で国中を飛び回ると言っていたわ。それに、この規模の商会、間違《まちが》いなく人脈は広いはず。ここで働いたら、もしかしてティルを捜《さが》し出せるかもしれない)

すぐに心は決まった。

「よ……よろしくお願いします！」

勢いよく礼をすると、ライモンドが口の端《はし》だけを上げて笑うのが見える。

こうして、ニネットの王都での暮らしは始まったのだった。

閑話✦ティルソン・ベルリオーズ

ティルソンが『ティル』という名前になったのは、まだ肌寒《はだざむ》さを感じる三歳のある春の日のことだった。

「あなたは今日からティルソンではなくティルというお名前で呼ばれることになります。そして僭越《せんえつ》ではございますが、私のことはお父様とお呼びくださいませ」

自分を迎《むか》えにきた男が目の前で膝《ひざ》をつき、視線を合わせて話しかけてくる。

ティルと呼ばれることに納得《なっとく》はしたが、自分の父親はこの人ではない。『お父様』とは呼べないと思い首を振《ふ》ると、男は心底申し訳なさそうに笑った。

——それが、ティルにとって初めての、ニネットの父親との記憶だ。

ティルがそれまで暮らしていたのは、王都のお屋敷だった。

三歳ながら、どうやら自分が暮らす家が普通《ふつう》ではないらしいということは何となく理解していた。

とんでもなく大きな屋敷と、大勢の使用人たち。そして、自分には母親が違《ちが》う兄がいて、その兄を中心に家は回っているようだった。

ティルはそんなお屋敷の一角で病気がちな母と二人で暮らしていた。

たまに父親が顔を見せてくれることはあったものの、数えるほどのものだ。

ある日、母は病を悪化させて死んだ。

ティルはひとりぼっちになった。

それとほぼ同時期に自分が『欠陥品《けっかん》』らしいということが判明した。何がどう欠陥品なのかはわからないし、当時は言葉の意味すらわからなかった。

けれどそのうちにサンクチュアリという町から迎えがあり、そこのアルヴィエ男爵家《だんしゃく》に引き取られることになったのだった。

サンクチュアリは王都から遠かった。馬車に揺《ゆ》られて何日間眠《ねむ》ったことだろう。退屈《たいくつ》すぎるし、母親に会いたい。泣きたくなってきたところで馬車の扉《とびら》が開いた。

そこには目を輝《かがや》かせた年上の少女がいた。

ニネットだった。

「おかえりなさいませ！」

「ただいま、ニネット。いい子にしていたかい？」

「お父様、遅《おそ》いです！　もっと早く帰ってきてほしかったのに！」

そう叫《さけ》んで、ニネットと呼ばれた少女は男に飛びついてくる。

彼女が抱《かか》えていた花束の花びらが散って、風に巻き上がる。幼心に綺麗《きれい》だと思った。

「ははは、すまなかった。今回はとっても大切なご用だったから、早々と切り上げるわけにいかなくってね」

「大切なご用……？」

そこでやっとニネットはティルの存在に気がついたようだ。透《す》き通った空色の双眸《そうぼう》をこちらに向け、首を傾《かし》げた。

「この子はだぁれ？」

「今日からうちの子になるティルだ」

「えっ⁉ うちの子になるの⁉」

「事情があってね。ティルはまだ三歳で、突然こんなところに連れてこられて不安なんだよ。……ニネット、いろいろなことを教えてあげるんだぞ」

ニネットはなぜか返事をしなかった。その代わりに、好奇心《こうきしん》に満ちた瞳《ひとみ》で見つめてくる。けれど、ティルの方もこんな状況《じょうきょう》には慣れていた。

王都の家でも、自分と母親が歓迎《かんげい》されない存在だったということは何となくわかっていた。ただ生活する場所が変わっただけ。ただ、大好きだった母親がいなくなっただけ。

この年上の少女も、自分を見て見ぬふりをするのだろう。

いつもと同じだ。だから大丈夫《だいじょうぶ》。

そう思って口を引き結ぶ。

こうするのはティルのくせだった。泣いていては大好きな母親を助けられない、その一心で幼いながらに感情を抑《おさ》えることを身につけたのだ。

けれどニネットの行動は予想とは違った。

ティルの手をぎゅっと両手で包み込み、笑顔《えがお》を見せる。

「わたし、ニネットっていうの。ここは今日からあなたのおうちよ」

「……!?」

母親以外に手を握《にぎ》られたのが初めてだったティルは、慌《あわ》ててその手を振り払《はら》おうとした。

けれど、それは許さないというようにさらにきつく握られる。

「わたしね、いまからお母様のところへいくの。この花束を持ってね。ティルのこともお母様に紹介《しょうかい》したいな」

「……かあさま、びょうきなの？」

思わず反応してしまった。

すると、ニネットは空を見上げる。

「いまはもう病気じゃないわ。このお空のむこうにいるから」

「！　おれのかあさまも。おそらのうえ」

「……そうなの」

二人の間に沈黙《ちんもく》が満ちる。会話を見守っていたニネットの父親が二人の頭を優《やさ》しく撫《な》でてくれた。

「そういうことなんだ。ニネット、仲良くするんだよ」

「はい、お父様」

笑顔で返事をしたニネットは、ティルの手を引いて歩き出す。

片手に花束を持ち、もう片方の手で自分の手を握ってくれる彼女はびっくりするほど眩《まぶ》しくて、泣きたいくらいに温かかった。


ティルがニネットを意識したのは、八歳のある日のことだったはずだ。

ニネットの母親の月命日は、花畑でブーケを作って丘《おか》の上にあるお墓へお参りにいくことになっている。

その日、はじめてニネットの瞳から涙《なみだ》が溢《あふ》れるのを見た。その雫《しずく》はニネットが腕《うで》いっぱいに抱えた花束に落ちた。朝露《あさつゆ》のようで美しかったことだけを覚えている。

ニネットがどうして花畑で泣いたのかはわからないが、朝から何か大切なものがなくなったと騒《さわ》いでいたのは知っている。継母《ままはは》のところに行方《ゆくえ》を聞きに行って、長い間戻《もど》ってこなかったことも記憶《きおく》にある。

どうしたんだろうと心配していたら、花を摘《つ》みに花畑へ行こうと誘《さそ》われたのだ。

そうして、ニネットは泣いた。

呆気《あっけ》に取られていたティルがあわててハンカチを取り出したときには、ニネットはもういつものように明るく華《はな》やかに微笑《ほほえ》んでいた。

鮮《あざ》やかな青いネモフィラの花に落ちた雫は乾《かわ》いていない。けれど、ニネットは何事もなかったかのように、見慣れた笑みを浮《う》かべていたのだ。

（ニネットを泣かせたやつが、許せない）

心を決めたティルは、早速ニネットの父親であり自分の養父でもあるアルヴィエ男爵へすぐに直談判《じかだんぱん》しに行った。

「旦那《だんな》様。俺……いえ、僕がニネットを守るにはどうしたらいいですか。ニネットと一緒《いっしょ》にいる許可をください」

「随分《ずいぶん》と急だね。何かあったのかな」

驚《おどろ》きつつ、苦笑いで応じたアルヴィエ男爵だったが、ティルを馬鹿《ばか》にすることはなく話を聞いてくれた。

「ニネットは……強くて優しいんだ。きっと、大人になったら今よりもずっともっと強くて優しくなると思う。だから、ニネットが隠《かく》れて泣かなくて済むように、僕がニネットの敵をやっつけたいんです」

「ティルは賢《かしこ》い子だね。……そうか。じゃあ、家庭教師を増やそうか」

「……？」

ニネットを隣《となり》で守り続けることと、家庭教師を増やすことの繋《つな》がりがわからなかったティルは首を傾げた。

すると、アルヴィエ男爵はニヤリと笑う。

「ティルは身内という贔屓目《ひいきめ》なしでも、賢くて将来有望なのはわかる。でも、私も娘《むすめ》がかわいいんだ。より頼《たよ》り甲斐《がい》があるいい男に任せたい」

「なるほど、わかりました。では、僕が誰《だれ》よりも賢くて強くて頼り甲斐のある男になったら、ニネットを任せてくれますか」

「ああ。男に二言はない」

ニネットの父が指をパチンと鳴らした数秒の後、机の上に契約書《けいやくしょ》が現れた。

そこには今後ティルがクリアするべき項目《こうもく》がずらりと書かれている。

「精霊《せいれい》契約は特別な家名の下にしか許されていない。だが、サンクチュアリを守る私と、特別な君との間でなら問題なく締結《ていけつ》できるだろう」

ティルはそこに署名をした。

アルヴィエ男爵《だんしゃく》が生きている限り有効な、精霊契約の契約書だった。

アルヴィエ男爵家に引き取られ、ニネットとの出会いの日から七年。

月日は経《た》ち、ティルは十歳になった。

自分が普通《ふつう》ではない環境《かんきょう》で育ってきたのは何となく知っていた。けれど、どうやらニネットも同じらしい。

家庭教師の先生が帰った後、今日の勉強の復習をしていると、部屋の扉《とびら》がノックされてニネットが顔を出した。

「ティル！　今日のお勉強終わった？　またずいぶん長かったね。私の先生はとっくに帰ってしまったのに」

「わからないところがあって、補習をお願いしてたから」

「ええ？　……ってわあ、もうこんなに難しいところをやっているのね。〝イスフェルク王国の歴史と、精霊《せいれい》と結ばれた協約について〟？　すごいわ、私もここまで詳《くわ》しくは習わなかったのになぁ」

驚きつつ、背後からティルの手元を覗《のぞ》き込んでくるニネットからは、自分とは違《ちが》う甘い匂《にお》いがした。

平静を装《よそお》いたいのに、心臓がどきりと跳《は》ねる。

これ以上近づかれたくなくて、ティルはあわててテキストを閉じた。

「旦那様が、精霊とイスフェルク王国の関係や歴史についてはしっかり学ばせるように先生に伝えてあるみたいだから」

「ふぅん。それにしても、午前中は体術と剣術《けんじゅつ》の授業をみっちり受けて、午後からはお勉強だものね？　このスケジュール、王族並みだって私の先生が言っていたわ。ティルはすごいね、文句を言わずに頑張《がんば》ってて」

「……別に」

褒《ほ》められて思わず目を逸《そ》らすと、ニネットが頭をわしわしと撫でてくる。

小さい子どもをかわいがるような遠慮《えんりょ》のない撫で方に複雑な気持ちになるが、やめてくれと言うのももったいない気がした。

そんな自分に嫌気《いやけ》がさして、ニネットの手を振《ふ》り払ってしまうまでが最近の流れだ。

この家にやってきた日、ティルを優しく迎《むか》え入れてくれたニネットは十三歳になり、あの頃《ころ》からは想像もつかないほどに美しい令嬢《れいじょう》に成長していた。

もちろん、出会った頃も整った外見が目を惹《ひ》く少女だった。

けれど、今のニネットはただ愛らしかったあの頃とは明らかに違う。

その証拠《しょうこ》に、屋敷《やしき》の使用人たちや町へ出た時にすれ違う男たちがニネットを見つめていることが多い。

理由は予想がついていた。

（ニネットはイスフェルク王国でも特に珍《めずら》しい——精霊に好かれる体質、なのだと思う）

精霊に好かれる人間は、より高位の精霊と契約できる貴重な存在だ。そしてその一方で、副産物として異性を惹きつける体質を併《あわ》せ持つのだという。

種の保存の法則としては妥当《だとう》なところだろうとは思う。

特に貴重で重要な存在を守るための自然《しぜん》の摂理《せつり》だと思えば納得《なっとく》がいくし、ニネットがサンクチュアリのアルヴィエ男爵家出身だと思えばなんら不思議ではなかった。

（ニネットは自分が高位精霊と契約できる可能性があることにまだ気がついていない。ニネットが危険な目に遭《あ》わないよう、俺が守らないと）

一方、当のニネットは継母との関係に随分と苦労しているようだった。

幼い頃に入り込んできた父親の後妻に家をほぼ乗っ取られるような形になってしまっているが、何とか笑顔《えがお》で暮らしている。

彼女と一緒にいると「さすがに人が好《よ》すぎるだろう」と怒《おこ》りたくなることもある。

けれど父親の幸せとアルヴィエ男爵家の役割を考え、ニネットなりに上手く振る舞《ま》おうとしているのだと理解してしまえば、邪魔《じゃま》をする気持ちにはならなかった。

（ニネットは十三歳だ。もうすぐ精霊と契約できるか確認《かくにん》することになる。高位精霊と契約できれば、あの継母なんて精霊が追い出すだろう。その日までの辛抱《しんぼう》だ）

しかし、その日は来なかった。

わずか数日後、ニネットの父親は帰らぬ人になったからである。

その不幸な知らせが飛び込んできた日、ティルはニネットとともに書斎《しょさい》で本を読んでいた。電報を握《にぎ》りしめた継母からの言葉に、ニネットは泣き崩《くず》れた。

どんなに継母に避《さ》けられても笑顔を絶やさなかったニネット。

ティルと出会ってから、ニネットが泣いたのは数えるほどだけだったはずだ。

いつだって前向きで、自分を優《やさ》しく元気づけてくれる美しくて強いニネット。

そのニネットが、泣き崩れたのだ。

意識してから、ティルは初めてニネットの髪《かみ》に触《ふ》れた。

けれど当たり前に涙《なみだ》は止まらないし、全身を震《ふる》わせて泣いている。そのうちに、強がってこらえていたはずのティルの瞳《ひとみ》からも涙が零《こぼ》れ落ちた。

悲しみの後に押し寄せてきたのは、不安と悔《くや》しさだった。

継母の普段《ふだん》の接し方を見ていれば、父親を失ったニネットがどんなふうに扱《あつか》われるのかは容易に想像がついた。

父親を失ったうえに家も思い出も奪《うば》われて、そしてその奪い取った人間を後見人として頼らないといけないことの理不尽《りふじん》さに怒《いか》りが湧《わ》いてくる。

自分が幼い頃に追い出された、王都の大きな家のことが思い浮《う》かぶ。

あの家は、間違《まちが》いなく権力も地位もある特別な貴族の屋敷だったのだろう。

（俺が『欠陥品《けっかん》』じゃなかったら。あの家を探して戻《もど》れるほどの力があったのなら、ニネットを守れたかもしれないのに）

初めて、庭の物置小屋で過ごした夜。

一枚の毛布にくるまって、隣で泣くニネットを抱《だ》きしめられなかった日の、自分の手の小ささと悔しさを忘れることはない。

二度目の不幸な知らせが飛び込んできたのは、それから三年後のことだった。

主人を失ったアルヴィエ男爵家だったが、遺書が準備されていた。そこに跡継《あとつ》ぎと記されていたのは『ニネット・アルヴィエ』。

そのおかげで、ティルとニネットは追い出されることなく物置小屋で暮らすことができていた。三年の間に継母《ままはは》たちに奪われたものはたくさんあったが、自分たちなりに幸せな毎日を送っていたはずだった。

けれどその日、ニネットの義妹《ぎまい》エッダがとんでもない予言をしてしまったのだ。

「ニネット……さっき書斎の奥でこの古い本を見つけたの。私の契約精霊《けいやくせいれい》が読み解いてくれたんだけど……。その内容が」

エッダの悲鳴が聞こえて、使用人全員が集まったのは書斎に設置されたライブラリーだった。

その中央で、『お告げ』を受けたエッダは震えながら口にした。

「――〝この本は厄災《やくさい》を封印《ふういん》していた。見つかったことで、封印は解かれた。この町には災《わざわ》いが降りかかるだろう〟って……」

「それで、どうしたらいいの？　対処法も教えてくれたのよね……？」

「この領主の家から、ひとり……生贄《いけにえ》を捧《ささ》げろと」

(何だって)

稀《まれ》に精霊が人間に『お告げ』を与《あた》えることがあるのは家庭教師に聞いて知っていた。

その多くは高位精霊によるもののはずだったが、エッダが契約しているような中位精霊が告げてくることもなくはない。

疑うことはなく、ティルは心を決めた。

(あのババアがエッダを生贄として差し出すはずがない。そうなると、自《おの》ずと誰《だれ》が行くかは決まる。俺かニネットだ。それなら、ニネットは絶対に行かせない)

「――俺が行きます」

「ティル!?　ティル、待って」

驚《おどろ》いたニネットが自分に縋《すが》り付いてくる。

けれど、怯《ひる》むことはなかった。

(俺はこの家に大きな恩がある。この家の主だった旦那《だんな》様が大切にしていたニネットを、絶対に守らなければいけない。――そして、ニネットは俺にとっても大事な人だ)

ティルはまっすぐに継母へと申し入れる。

「旦那様は俺を正式な養子としてこの家に迎え入れてくださいました。つまり、俺にも生贄になる資格はあるはずだ」


――だが、ティルの願いは聞き入れられなかったのだ。


数日後、ニネットは姿を消した。

ティルが、ニネットの父親の形見を取り返しに行った間のことだった。


残酷《ざんこく》な別れの日から十年。

ティルは『ティルソン・ベルリオーズ』というかつての名前に戻り、自分を『欠陥品』と呼んだ生家で暮らしていた。

イスフェルク王国のベルリオーズ公爵家《こうしやく》は、精霊《せいれい》と深い繋《つな》がりがあるこの国で、その精霊との契約や関係を司《つかさど》ることで知られている。

サンクチュアリでニネットの父親がつけてくれた家庭教師にも教わったことがある、王族に準じた力を持つ特別な公爵家だ。

その書斎で執務《しつむ》机に向かうティルに、家令が話しかけてくる。

「ティルソン様。先日のお見合いの件について、前公爵夫人がお話があると」

「……見合い相手に冷たくしたことか？　あのベティとかいう令嬢《れいじよう》、俺を怖《こわ》がっていた。お互《たが》いに縁談《えんだん》を進める気もないのに無駄《むだ》だろう」

吐《は》き捨てるように告げると、家令がため息をつくのが聞こえた。

大人になってから、このやりとりを一体何度したことだろうか。

ティルの視線の先には、自分の手に握られた懐中《かいちゆう》時計がある。それを見るたびに思い出すのは、大切な人と永遠の別れをした日のことだ。

(この懐中時計を取り戻し、屋敷に戻ろうとしたところで町は未曾有《みぞう》の大嵐《おおあらし》と大災害に襲《おそ》われた。精霊と契約している人々は皆《みな》、口々に『精霊がお怒りだ』と言っていたから、きっとあれはその類《たぐい》のものだったのだろう。ニネットが生贄にさせられたというのに、なぜ)

この家に戻ってから知ったことだが、ティルの母親はいわゆる第二夫人と呼ばれる存在だったらしい。

母親が亡《な》くなり、公爵家から遠ざけるためにサンクチュアリの男爵家に養子として出されたあと、後ろ盾《だて》を失った。

けれど、サンクチュアリが滅《ほろ》びたのとほぼ同時期にベルリオーズ公爵家の跡取《あとと》りが病で亡くなったらしい。

その結果、『欠陥品』だったはずの自分がまた王都に呼び戻されたのだ。

それから十年、ティルは公爵家の跡取りとして生きてきた。

昨年、父親である公爵が亡くなり跡を継《つ》いだが、心の中にはサンクチュアリで自分を支えてくれた少女がずっといる。

（もしかして、ニネットは生贄になることなくどこかで生きているのかもしれない。しかし彼女は姿を消してしまった。この十年間、どんなに捜《さが》してもその行き先はわかっていない）

考え込んだティルを気遣《きづか》うように、しかしきっぱりとした口調で家令は言った。

「……子どもの頃《ころ》のご友人が忘れられないのはわかります。ですがあなたはこの家の主人です。どうかご結婚《けっこん》を」

「……」

彼の意見が正しいのはわかりきっているが、すぐに頷《うなず》く気にはなれなかった。

しかしこれはいつものやりとりである。

家令はまったく心が折れることなく続けた。

「ところで、明日の王城での建国記念のお祭りに『愛し子《いと》』様はどうしてもティルソン様と一緒《いっしょ》に行きたいとおっしゃっています」

「……わかった。支度《したく》をしておくと伝えてくれ」

「かしこまりました。久しぶりの一緒のお出かけです。『愛し子』様はお喜びになることでしょう」

一応は伺《うかが》いを立てつつ、家令はティルが断るとは夢にも思っていないのだろう。型通りに応じる彼を苦々しく睨《にら》みつける。

「……まだ新たな『精霊の愛し子』を探しているのか？」

「はい、『愛し子』様はそのおつもりのようです。この家――いえ、この国を存続させていくためには、良家からの縁談のお話は成立しなくても『精霊の愛し子』様を迎《むか》え入れることは絶対ですから」

「……下がっていい」

家令が書斎《しょさい》を出ていくのをため息で見送ったティルは、大切な懐中時計を懐《ふところ》にしまったのだった。

第三章 ✦ 王都にて

洞窟《どうくつ》で過ごした一晩の間に、八年間が過ぎてしまった日から二年後。

ニネットは王都でできた友人に招かれ、お茶会に参加していた。

「ニネットさんが来てくださるから、今日のお茶会をとっても楽しみにしていたんです！」

瞳《ひとみ》を輝《かがや》かせ話しかけてくる令嬢は、ニネットと同じ十八歳だ。

この王都に来たばかりの頃は全く知らない相手だったが、ライモンドの紹介《しょうかい》で交流が生まれ、いまではたまにこうしてお茶会に呼ばれている。

今日のお茶会のメンバーはニネットのほかに四人。

皆、ニネットを疎《うと》んで遠ざけることはない。

サンクチュアリにいた頃は『悪女』として遠巻きにされていたニネットには信じられない光景だった。

「こちらこそ、お招きありがとうございます。お茶会に誘《さそ》われたと言ったら、商会長が午後休をくれて……」

「まぁ！　ライモンド様はさすがお優《やさ》しいのね！」

「ええ、まぁ……」

『上司』への褒《ほ》め言葉にニネットは顔を引き攣《つ》らせた。

今、ニネットはライモンドが経営する『クレーティ商会』で働いている。

(本当は王都での地盤《じばん》が固まるまでの間だけ置いてもらうつもりだったのだけれど、気がついたらもう二年間も働かせてもらっているのよね)

ライモンドが経営するクレーティ商会は王室御用達《ごようたし》でもあるとても大きな商会だ。待遇《たいぐう》面だけでなく、ティルを捜す面でもニネットにはぴったりの場所だった。

商会の力を借りれば、ティルにきっと会える。

そう思い王都での暮らしが落ち着くまで、と働き始めたのだが、残念なことにどんなに捜しても未《いま》だに何の情報もつかめていない。

捜し始めて二年間。諦《あきら》めることはないが、ティルを心配する気持ちは日に日に募っていくばかりだ。

(ティルは……どこかで元気に暮らしていると信じるしかない。いつか会えると信じて捜すわ。だって、あの子は賢《かしこ》くて強い子だもの)

ため息をついているうちに、王都で人気の紅茶が皆のカップに注がれていく。

『わぁ、ニネット！　金平糖がある。食べてもいい？』

(皆が見ていないときに渡《わた》すから、少し待っててくれる？)

周囲を気遣いつつ小声で応じると、ニーヴはうんうんと頷いてテーブルの上に座る。うれしいのか、金色の髪《かみ》がふわふわと浮《う》き、猫《ねこ》のように大きな瞳が輝いている。お行儀《ぎょうぎ》よく正座する姿は小さな子どものようでかわいい。

この二年間でニネットとニーヴはかなり親しくなった。

今では、お互いの間に知らないことはほとんどないはず。

ティルのことも、ニーヴが精霊の力を使って捜してくれているらしいが、見つからないのが現状だった。

そして、精霊のニーヴは甘いものが大好きなようで、特にカラフルな金平糖に目がないらしい。ご機嫌《きげん》ななめのときでも金平糖を渡すと静まってくれるから、重宝している。

『金平糖、ゲット』

（……）

気がつくと、ニーヴが桃色《ももいろ》の砂糖でコーティングされた金平糖をがっしりと抱《だ》きしめていた。

待っていてくれと頼《たの》んだのに、好物を目の前にしては無理だったようである。

（こうしていると、出会った日に怒《いか》りで洞窟を壊《こわ》しそうになったのが嘘《うそ》みたい）

当たり前に、ニーヴはこのお茶会に同席している皆には見えない。だから、ニーヴが手に取ったものは消えて見えなくなってしまう。

皆《みな》の目を盗《ぬす》んで金平糖をひとつ手に取り、齧《かじ》り始めたニーヴを見ているうちに、ニネットにも紅茶が注がれた。

黄金色の液体が白いカップを満たし、甘いフルーツの香《かお》りが立ち上っていく。

この紅茶の葉もカップもスプーンも添《そ》えられた金平糖も全部、クレーティ商会の人気商品。ニネットをお茶会に招待してくれた彼女は、商会のお得意さんなのだ。

というか、ここにいる全員が上客である。そして、こんなふうにクレーティ商会の商品が令嬢《れいじょう》たちに人気なのは商品の確かさだけが理由ではない。売る人間にも大層魅力《みりょく》があるらしい。

「それで、ニネットさん」

(……あ)

その話題の前触《まえぶ》れに、ニネットはしっかり身構えた。

「ライモンド様とは本当に何もないの⁉」

ひとりがその話題を投げかけてくるのと同時に、皆からもキャーッと黄色い声が上がる。

今日のお茶会のメインの話題は初めからこれに決まっていたのだろう。きっかけを待っていたのか、雪崩《なだれ》のように次々と質問が飛んでくる。

「あの完璧《かんぺき》なライモンド様とひとつ屋根の下で暮らしていて何もないなんて、信じられない！　ねえ、本当は何かあるのでしょう？　じゃなきゃ信じられないわ！」

「ライモンド様ってお家《うち》ではどんな感じなのでしょうか？　スーツ以外の普段着《ふだんぎ》もおしゃれなのかしら？　寝間着《ねまき》はどんな格好を？」

「ライモンド様って本当にお優しいのよね。この前も、商会で購入《こうにゅう》した冬用のコートの着《き》心地《ごこち》やサイズ感を確かめにわざわざうちまで来てくださって」

「えっ？　わざわざ!?　うらやましいわ。私も来年のコートはクレーティ商会で購入するわ！　ライモンド様にサイズ感見ていただきたーい！」

「それでね、そのときついでに新しい靴《くつ》とバッグも注文しちゃった。すごくよく似合うって言ってくださって、つい」

「えーっ！　うらやましーい！」

（…………）

楽しそうな声を上げる皆を遠い目で見ながら、ライモンドの振《ふ》る舞《ま》いはどれもどう考えても商会の営業にすぎないのだとは思う。

けれど、ライモンドのすごいところは、それを女性たちにしっかりわからせた上でいい気分にさせてくれるところだ。

ここにいる全員が、ライモンドは商会のために自分たちに優しいと知っている。

にもかかわらず、この評判なのだ。

（皆ライモンドの虜《とりこ》なのよね。商才がすごいだけじゃなくて、老若男女《ろうにゃくなんにょ》問わずライモンド

のことを好きになる……。ただ異性を引き寄せるだけの私の体質とは大違《おおちが》い）

「ただの従業員と雇用主《こようぬし》ですから、何もないです」

「えええ～？　本当の本当の本当に？」

顔を引き攣らせつついつものように答えると、じとっとした目で疑われた。

解《げ》せない。

「だって！　平民から令嬢はもちろんのこと、子どもたちにも老人にも王城の騎士《きし》様にもファンがいるという天性の人たらし……あのライモンド様よ!?　ライモンド様の魅力に惑《まど》わされず、恋愛《れんあい》関係にならずにいられるなんてさすがニネットさんですわ！」

ライモンドと自分を褒めてくれる彼女の勢いがすごすぎる。

ついつい遠い目を続けてしまうニネットだったが、令嬢の勢いは止まらなかった。

「それに、ニネットさんだって街を歩けば振り向かない男はいない、稀代《きたい》の恋愛マスターじゃないですか！」

あまりの勢いにテーブルの上の紅茶が揺《ゆ》れ、金平糖を持ったニーヴがころりと転がった。

それを見ながら、ニネットは自分につけられた妙《みょう》な二つ名を反芻《はんすう》し虚空《こくう》を見つめるばかりである。

（恋愛マスター……ど、どうしてこんな名前が浸透《しんとう》することになってしまったのかな……）

サンクチュアリにいた頃《ころ》のニネットは、異性を惹《ひ》きつけてしまう体質から『男たらし』

としてひどく嫌《きら》われていた。

そのはずが、王都に来た途端《とたん》、評価は一変。

どういうことなのか『あらゆる男性を虜にする恋愛マスター』として勘違《かんちが》いされてしまっているのだ。

もちろん、悪女とする声もないわけではないが、サンクチュアリとは明らかに違う。

（きっと、誰《だれ》にでも好かれるライモンドのもとで働いているせいだと思うのだけれど……。実際は恋愛経験なんてないのに！　これが田舎《いなか》と都会の違いなの？）

納得《なっとく》いかない気持ちで紅茶に口をつける。さすが、商会で特に人気の紅茶だ。甘い香りに一瞬微笑《いっしゅんほほえ》むと、一同からは声にならない悲鳴が上がった。

「ニネットさんって、紅茶を飲む姿ですら色っぽくて素敵《すてき》ですわ！」

ただ紅茶を飲んだだけなのに、何かの勘違いではないか。

「さっきからずっと思っていたんですけど、ニネットさんの微笑みは意味深でミステリアスで見とれてしまいますわ！」

さっきまでのはただの引き攣《つ》った笑いなのに、どうしてそんな解釈《かいしゃく》になってしまうのか。

『ニネット。ニネットの愛《いと》し子の惹き寄せパワーは同性の女の子には通じないはずなんだけど、王都の女の子ってみんな面白《おもしろ》いね』

（……本当に……そのせいで、困ったことが……）

さらに遠い目をしたところで、早速その困ったことが降ってきた。

「ニネットさん。少しご相談があるのだけれどよろしいかしら」

さっきまで歓声《かんせい》を上げていた令嬢の一人が真剣《しんけん》な表情になり、手を挙げている。

実は、『恋愛マスター』のニネットはお茶会へ呼ばれるたびにこうして相談を受ける羽目になっている。

実際には恋愛経験はゼロ、婚約者《こんやくしゃ》すらいたことがないニネットには答えられるはずがないのに。

けれど、自分を頼《たよ》って真剣に相談してくる相手の話も聞かずに追い返すわけにはいかない。いつも、罪悪感を感じながらも話に応じることになる。

「ええ。私でよければお話をお伺《うかが》いします」

「実は、私の婚約者にはほかに好きな女性がいるみたいなの。彼の心を取り戻《もど》したいのだけれど、どうしたらいいのかわからなくって……っ」

いきなり重い。

想像していた以上に重い相談だったことに、逃《に》げ出したい気持ちでいっぱいである。

(すごく悩《なや》んでいるわ。それはそうよね。だって、大切な人の心が離《はな》れてしまったんだもの)

気持ちはわかる。けれど、正解がわからない。

相談を持ちかけてきた令嬢は、ハンカチで口元を押さえ、目に涙《なみだ》を溜《た》めてニネットを縋《すが》るように見てくる。

まるで、もしここでニネットからの助言を得られなかったら思いつめて修道院に入ってしまいそうなほどの勢いだ。

(何か、気休めになるようなアドバイスができたらいいのだけれど……!)

目を泳がせたところで、成り行きを見守っていたニーヴが金平糖を齧りながら教えてくれる。

『んー。そういえばさ、この前ニネットに言い寄ってきた男が、ほかの男たちに惚《ほ》れ薬を使ってライバルを蹴落《けお》としてたよね。自然にライバルが離れていって、あったまいい〜、って思ったなぁ。もちろん、ニネットは振り向かなかったけど』

(! そうだったわ。それに、惚れ薬を使えなんてアドバイスをまさか本気にしないだろうし、ちょうどいいかもしれない!)

恋愛マスターという謎《なぞ》の称号《しょうごう》を得つつも、実際のニネットは恋愛経験ゼロだ。自分のアドバイスをまともに実行されては困るので、ニーヴが思い出してくれたエピソードがとんでもなくありがたい。

ということで、伝えてみる。

「ほ、惚れ薬を使ってみてはいかがでしょうか。婚約者の彼ではなく、浮気《うわき》相手のご令《れい》嬢《じょう》に。相手の女性の気持ちが離れれば、何か進展があるかもしれません」

「さすがニネットさん！」

「惚れ薬なんて思いつかなかったわ」

聞いていた令嬢たちから感嘆《かんたん》の声が上がる。感心しつつ驚《おどろ》いているようなこの反応では、さすがに実行することはないだろう。

「私の言葉では気休めにもならないかもしれませんが、元気を出してくださいね」

そう告げると、令嬢の表情に明るさが戻る。

（よかった。ニーヴのおかげでなんとか切り抜《ぬ》けられた）

ホッとしたのも束《つか》の間、すぐに次の相談が飛んできた。

「ねえ！　私も相談していいかしら？」

「え、ええ……」

本当は全然良くないのだが、ここまでキラキラした瞳《ひとみ》で見られたら断るわけにはいかない。頷《うなず》くと、令嬢は声を潜《ひそ》めた。

「実はここだけの話なのだけれど……私、秘密の恋人《こいびと》がいるの」

「！　まぁ！」

「でも……私たちの関係をお父様が反対していて」

そう言って窓の外を見つめる令嬢の視線の先には、外で待機する護衛の青年の姿があった。きっと、彼女の秘密の恋人はあの護衛の青年なのだろう。

背筋を伸《の》ばして立ち、任務中の緊張感《きんちょうかん》を漂《ただよ》わせたその姿に、ティルが重なる。

（……ティル）

名前を心の中で呼んだ瞬間《しゅんかん》、心が沈《しず》んでいく。

もう会えないかもしれない存在に、心が痛む。

サンクチュアリでニネットのそばにいたころのティルは、護衛ではありつつもまだ少年だった。

買い物に行けば一緒《いっしょ》に商店に入ったし、人と会う時にも同席していた。

けれど、あれから十年。大人になったティルは、ニネットが誰かと会う際には同席しないだろう。

きっと、ああやって外で待つことになるのだ。

それを思うと、心が別れの日に引き戻される。

（私……最後にティルに嘘《うそ》をついちゃった。ティルのことを思い浮《う》かべようとして想像するのは、私に頼《たの》まれて懐中時計《かいちゅう》を取り戻しにいくかわいい後ろ姿）

普段《ふだん》は考えないようにしているのに、心を暗い感情が支配していく。けれど、何かアドバイスをしないといけない。

そう思うよりも早く、口が動いていた。

「どうか、後悔《こうかい》のないようにしてくださいね」

「……それって、駆《か》け落ちしたほうがいいということ……!?」

さすが恋愛《れんあい》マスター、と目を輝《かがや》かせた令嬢に、感傷的になっていたニネットは現実に引き戻される。

（しまったわ。考えごとをしていたから、つい！）

「!?　そういう意味ではなくて……っ？」

あわてて弁解しようとするが、皆《みな》『恋愛マスター』のアドバイスを拡大解釈《かいしゃく》してしまったようだ。盛り上がっていて、ニネットの声は届かない。

しかも、ニーヴもうんうんと頷いている。

『オッケー。たぶんあとはみんながやってくれると思うから大丈夫《だいじょうぶ》だよ』

（……皆？）

首を傾《かし》げると、窓の外にふわふわ浮いている光のようなものが見えた。中位精霊《せいれい》や下位精霊だろう。ニネットにとって、ニーヴ以外の精霊が見えることは日常だ。だから特に気にはならないが、このニーヴの言葉だけは気になった。

盛り上がりが少し落ち着いたところで、ひとりの令嬢がため息をつく。

このお茶会を主催《しゅさい》してくれている、貴族令嬢のベティだ。

「……結婚《けっこん》って、難しいですわよね……」

「そういえば、ベティ様はこの前お見合いをなさったのですよね？　お相手はどなただったのですか？」

「……ベルリオーズ公です」

ベティの答えに、せっかく落ち着いたはずのサロンはまた騒《さわ》がしくなる。

「まぁ！　あのベルリオーズ公爵《こうしゃく》様！　ライモンド様とは対極にいらっしゃる存在ですわね」

「それでどうなったのでしょうか？　まさかご婚約を……!?」

（ベルリオーズ公爵、って噂《うわさ》は聞いたことがあるけれど）

盛り上がりからは一歩引いて、ニネットは話題を見守ることにする。

その名前は王都にやってきてから何度も聞いた。

大体がライモンドによって『イケメン、いい男の代名詞』として聞かされるか、こうして招かれたお茶会で令嬢たちの話題に上がるのだが、実際に当人を見たことがない。

どんな人なのだろうと想像しながら話を聞いていると、ベティは躊躇《ためら》うようにして目を伏《ふ》せた。

「……私には無理でしたわ。逃げ帰りました」

「ベティ様が……!?」

「まさかそんな!?」

「いいえ。結婚は家同士のものと理解しているはずだったのですが……今回だけは無理だと思いましたわ。お噂通りの美しい方でしたが……お噂通り、とても冷たい方でした」

「……」

そのときのことを思い出したせいか青ざめてしまったベティに、サロンはしんとしてしまった。

金平糖を食べ終わったニーヴだけが、元気いっぱいに告げてくる。

『なんか怖《こわ》そうなやつだな。ニネットは絶対に近づいちゃだめだからな！』

（そうね。ありがとう）

自分が貴族令嬢だったのは、十年も前の話だ。それを知っているのも、今となってはライモンドだけ。自分とは全く別世界の話にしか思えない。

ただ、お見合いで怖い思いをしたベティに同情するばかりである。

（ベティ様はおつらい思いを……。その、ベルリオーズ公は女性がお嫌《きら》いという噂なのよね。どんなに美しい女性や名門の令嬢も、一瞥《いちべつ》してそれきりだと。私には縁《えん》のないお方だし、お顔を拝むこともないのだけれど）

お茶会を終えたニネットはクレーティ商会に戻《もど》った。

この館《やかた》は、クレーティ家と商会が一緒に使っているとても大きなお屋敷《やしき》だ。

商会の従業員の中にはニネットのように住み込みで働いている者もいるため、規模は相当なものになる。

この家よりも大きな家というと、王城か、まさに件《くだん》のベルリオーズ公爵家ぐらいのものだ。

商会の事務室に顔を出すと、ライモンドが残って仕事中だった。ニネットを見つけて声をかけてくる。

「おー、無事に帰ってきたか」

「無事に、って……いつも無事ですが⁉」

「いやいや、街の男によく捕《つか》まってるじゃないか。イマイチ印象に残らない顔立ちしてんのに、街に行けばモテモテなんだから不思議だよなあ」

「……」

紳士《しんし》的な距離《きょり》を保ちつつ、心底不思議そうに顔を覗《のぞ》き込んでくるライモンドの振《ふ》る舞《ま》いは、軽くて人当たりのいい彼の評判そのものだ。

そして、ライモンドの言葉に心当たりのあるニネットはサッと目を逸《そ》らす。

（このクレーティ商会のお屋敷で何のトラブルもなく過ごせているのは、ニーヴの魔法《まほう》のおかげなのよね）

ニーヴによると『精霊の愛《いと》し子』はその稀少《きしょう》性の高さから生存率を上げるため、庇護《ひご》しなければいけないと思わせるフェロモンのようなものを撒《ま》くらしい。

それが、ニネットが信じられないほど異性を引き寄せてしまう理由だった。

自分が契約《けいやく》した精霊より高位の精霊が見えないのは、愛し子を守るためとも言われている。愛し子は精霊に守られ、身の安全を保証される存在なのだ。

ライモンドの言葉を聞いていたニーヴが得意げにする。

『ふふん。ぼくの「ニネットがぼんやりして見える魔法」いい感じでしょ？』

（ええ。ありがとう、ニーヴ）

十年前に洞窟《どうくつ》で会った後、滅《ほろ》びたサンクチュアリで出会ったライモンドを警戒《けいかい》したニーヴは、すぐにニネットが異性からぼんやりして見える魔法をかけてくれていたのだという。

そのおかげで、ニネットはライモンドに好意を持たれることなく、王都に辿《たど》り着けたのだった。

（でも、ニーヴが使える魔法は一度にひとつだけ。この世界に存在する強力な魔法はほとんど使えるみたいだけれど、急に切り替《か》えたりはできないのよね。だから、目くらまし魔法はこの屋敷にいるときだけ。外に出たら、ニーヴは急な危険に対応するために魔法を解く）

こういう理由で、ライモンドは「いまいち印象に残らない顔立ちのニネットがなぜか街ではモテモテ」と理解しているのだった。

確かに外でのニネットは恋愛マスター扱《あつか》いだが、クレーティ商会の同僚《どうりょう》たちはその評判に首を傾げているところではある。

　だからこの家はニネットにとってとても過ごしやすく、落ち着ける場所なのだ。

「ライモンドはこんな時間まで何をしているの？」

「ああ、ニネットのことを待ってたんだよ」

「？　私を？」

　心当たりがなくて首を傾げると、ライモンドはニッと笑った。

「今度、王城で建国祭があるのは知ってるだろう？　連れてってやろうと思って、その予定を確認《かくにん》に」

「……！　いいんですか⁉」

　ライモンドは二年前にニネットを拾ったときのことが印象深すぎたようで、住処《すみか》と仕事を提供しているだけでなく、いまだに気にかけてくれている。

　休日に外へと誘《さそ》い連れ出してくれたり、今日のお茶会に招いてくれたような友人を紹介《しょうかい》してくれたのもその一環《いっかん》だろう。

「ああ。建国記念のお祭りは華《はな》やかで盛大だぞ。王族のほか、精霊を司《つかさど》る家『ベルリオーズ公爵家』もお出ましになる」

「ベルリオーズ公爵家って、あの冷酷《れいこく》と評判の若い公爵閣下がいらっしゃる……？　今日のお茶会の話題もその方のことで持ちきりだったわ」

「イケメンが冷たいってだけで評判になるなんて、女はわかんないよな」

ライモンドのあまりの言い草に思わず苦笑《くしょう》してしまう。

そして、田舎町で生まれ育ったニネットは王都の華やかなお祭りなど行ったことがなかった。

思わぬ誘いに心を弾《はず》ませると、ニーヴもはしゃいで飛びまわる。

『わーい！　お祭り〜！』

(王城の建国祭なんてはじめて。楽しみだわ)


建国祭の日。

ニネットはライモンドとともに王城を訪《おとず》れていた。実は、ライモンドと二人で出かける機会はあまり多くない。外ではニーヴのぼんやりして見える魔法は使わないルールだからだ。

しかし、今日は特別。年に一度のお祭りなのだ。

普段《ふだん》は歴史を感じさせ近寄りがたい雰囲気《ふんいき》のある荘厳《そうごん》なお城も、今日は心なしか親しみやすい佇《たたず》まいに思える。

あちこちに風船が飾《かざ》られ、王室御用達《ごようたし》をかかげる出店が出ている。

その出店には、一般的《いっぱん》な焼き菓子《がし》のお店から、王城でないと食べられないような高級なメニューまでありとあらゆる商品が並んでいた。

下位精霊《せいれい》がシャボン玉を吹《ふ》き、その中をたくさんの人々が行き交《か》う。

賑《にぎ》やかで楽しい光景にニネットは瞳《ひとみ》を輝《かがや》かせた。

「王城、初めて来たわ……！　中はこんなふうになっているのね。新鮮《しんせん》」

「年に一度だけだが、国民皆《みな》に開放されんだよ」

「ねえ見て、ティル――」

そこまで口にしたところで、はたと止まる。

普段、サンクチュアリのことは胸の奥にしまっている。だからティルの名前をうっかり口にすることもないのだが、今日は違《ちが》った。

(だって、お祭りの光景が懐《なつ》かしすぎて)

ニネットが生まれ育った町にもお祭りはあったが、こんなふうに華やかで豪華《ごうか》なものではないし、そもそも規模が違う。

けれど、町の収穫《しゅうかく》を祝う年に一度のお祭りは、ささやかながらも楽しかった。

父親が生きていたころは毎年ティルと一緒《いっしょ》に連れて行ってもらい、賑やかな一日を楽しんだものだ。

故郷での思い出を思わせる光景に、ティルのことがつい口から出てしまったのは仕方ないことのような気がした。

　事情を知っているライモンドは気遣《きづか》わしげだ。

「……そのティルってやつは、今無事に生きていれば二十三歳ぐらいなんだったか？」

「ええ。あのころは十三歳で私より年下だったのだけれど、今じゃ私の方が五歳も年下になっちゃった。最後にティルの話を聞けなかったのが心残りで。……私が悪いのだけれど」

「十年か。長いな」

　ティルと別れてから、ニネットの感覚では二年。しかし、一般的な月日の流れで言うと、十年も経《た》ってしまった。

　しんみりしかけたところで、ライモンドが空気を変えるように聞いてくる。

「最後の話、って？　向こうは意外と忘れてるんじゃないか？」

「そうかしら。大事な話があるみたいだったけれど」

「……」

　最後の日、ティルに父親の懐中時計《かいちゅう》を取り戻《もど》しにいくように頼《たの》んだときのことは、思い出すたびにニネットの心を抉《えぐ》り続けるのだ。

（いくらティルを行かせないためだとしても、きっと物置小屋に戻ったティルは寂《さび》しい思いをしたはず。ごめんね……）

　申し訳なくて胸が痛む。

感傷に浸《ひた》りかけたところで、自分の名前を呼ぶ声に現実に引き戻される。

「ニネットさん！」

そこにいたのは、先日のお茶会で『婚約者《こんやくしゃ》にはほかに好きな女性がいる』と相談してきた令嬢《れいじょう》だった。

連れは、まさにその婚約者なのだろう。仲睦《なかむつ》まじくエスコートされている様子は、まさか破局目前のカップルには見えない。

「こんにちは。先日のお茶会以来ですね」

「……その節は本当に……」

(ここに二人で来ているということは、もしかして何か状況《じょうきょう》に変化があったのかしら？)

しかし、さすがにここでそんな話題を出すわけにはいかない。

とりあえず愛想《あいそ》笑いを浮《う》かべると、令嬢はうれしそうにしてニネットの耳に口を寄せた。

「実は、この前のニネットさんのアドバイス、すごく効いたのです」

「えっ？」

「ニネットさんが言う通りにしたら、彼が私の元に戻ってきました。ありがとうございます」

「……」

(私がしたアドバイス、って……)

ぽかんとするニネットの考えを見透《みす》かしたように、ニーヴが答える。

『あれかぁ。浮気《うわき》相手のご令嬢に惚《ほ》れ薬を使え、ってやつかぁ。ただ惚れ薬を飲ませただけじゃそんなに都合よくいかないかもしれないけど、ニネットだもんねえ』

まるで精霊が手助けしたとでもいうような言葉に、ニネットは青くなる。

（あんなに苦し紛《まぎ》れの適当なアドバイスだったのに……!?　そして、苦し紛れのアドバイスを成立させてるのって、もしかして精霊……!?）

だとすれば、王都に来てからのニネットが『恋愛《れんあい》マスター』と呼ばれるようになり、適当に答えたアドバイスを感謝されるのも納得《なっとく》だった。

言葉が出ないニネットを置いて、令嬢は微笑《ほほえ》んで去っていく。

「また何かあったら相談させてくださいね」

「……え、ええ……」

去っていく令嬢を見ながら目を瞬《しばたた》いていると、今度はライモンドが気になることを言い出した。

「ニネットのアドバイスはまた役に立ったのか」

「また、って？」

「ほら、何ヶ月か前に大手商家の娘《むすめ》との経済格差のある恋《こい》に悩《なや》んでいた男にアドバイスをしていただろ？　ニネットのアドバイスの通りに始めた事業が大当たりして、最終的に結《けっ》婚《こん》を認めてもらえたんだと」

「……!?」

惚れ薬の件はまだわかる。

しかし、ニネットの案で事業を大当たりさせるのはどう考えても無理だろう。

となれば、一連の件で動いているのは、やはり精霊ということになる。

疑いの目でニーヴを見ると、イチゴ飴《あめ》を抱《かか》えてベタベタになっていたニーヴはへへっと笑った。

『みんなニネットが好きなんだよ。悪さはしないと思うし、許してあげて』

「……」

(許してあげて、って……)

困惑《こんわく》を極《きわ》めそうになったところで、急にニーヴの目の色が変わった。

『? ニネット。向こうに、なんか気になる気配がある』

(気になる気配?)

『ぼく、ちょっと見てきたいんだけどいい?』

(待って、それなら私も一緒に行くわ)

ニーヴは断りを入れつつも今にも飛んでいきそうだ。

ニネットはあわてて頭の中を切り替《か》えると、ライモンドに問いかける。

「ライモンド、少し別行動をしてもいい?」

「？　ああ。あまり遠くに行くなよ」

「はい！」

ニネットはふわふわと飛び始めたニーヴを追いかけた。

王城敷地《しきち》内の橋を渡《わた》り、噴水《ふんすい》の前を通り、人混みをすいすいと泳ぐように飛び、薔薇《ばら》の庭園を通り抜《ぬ》け、ずんずん進んでいく。

さすがに、池を飛び越《こ》そうとしたところだけはニネットを気遣い池に沿って飛んでくれたが、それ以外に止まることはない。

ニネットはそれを走って追いかける。

さすがに疲《つか》れた。もう走れない。そう思いかけたところで。

たどり着いたのは花畑だった。

(王城内にこんな広い花畑があるなんて……って、しかもこの花は全部精霊花《せいれいか》……!?)

イスフェルク王国のシンボルでもある精霊花は、精霊に縁《えん》がありつつ人の気配がない場所にしか咲《さ》かない。

実際、サンクチュアリでも丘《おか》の上の限られた場所にしか咲かなかったし、逆に滅《ほろ》びた後は町だったはずの場所にたくさん咲いていた覚えがある。

(さすが王城ね。この国は精霊と縁深い国だもの。精霊花が咲く環境《かんきょう》を整えることなんて、きっとわけないのでしょう)

納得しながら、ティルと暮らしていた頃《ころ》の懐《なつ》かしい思い出に浸っていると。

「――甘い匂《にお》いがしますねえ」


しゃがれた声にニネットは驚《おどろ》いて振《ふ》り返った。

そこには車椅子《くるまいす》に座った老女がいた。

老女は足が不自由なのだと想像がついたが、姿勢が良く気品を感じさせる。車椅子を魔《ま》法《ほう》で押しているのは、精霊だ。

そして何よりも、ニネットが驚いたのは。

（……人間の姿をした高位精霊が、人間と契約《けいやく》をしているわ）

これまで、ニネットはニーヴ以外の高位精霊を何度か見たことがある。

けれど、誰《だれ》も人間とは契約をしていなかった。

ニーヴによると、高位精霊の中にも細かくランクがあって人型はその中でも特にランクが高いのだという。

ニーヴも少し驚いた様子で、ニネットの後ろに回り様子を窺《うかが》っている。

『気になってたのはこの気配だったんだ。それに、あのおばあさん、ぼくのことがちょっと見えてるかも』

（えっ？　これまでニーヴが見える人なんていなかったのに⁉）

目を瞬くニネットにはお構いなしに、老女はにっこりと笑って話しかけてくる。

「イチゴ飴でしょうかね。精霊は甘いものが好きです。このお祭りで買ってあげたのでしょうかねえ。あなたは精霊を大切にしていらっしゃるようですね」

「……！」

（食べ物はニーヴに渡してしまえば見えなくなるはずなのに。やっぱりニーヴが見えているんだわ）

警戒感《けいかいかん》を高めるニネットに、ニーヴは囁《ささや》く。

『うーん。でもこのおばあさん、ぼくが直接見えているわけではないのかな。気配と声を感じとってるのかも？　飴も甘い香《かお》りでわかったのかも』

（でも、ニーヴの存在がわかることには変わりないわ。どうしたらいいの）

イスフェルク王国では、より高位の精霊と契約する人間ほど高い地位を得られるが、逆にそれは高位精霊と契約できる人間が少ないことの裏返しでもある。

ニネットが『精霊の愛し子《いとしご》』と呼ばれる存在であることを一度知られてしまえば、今のように自由な暮らしは難しくなるだろう。

（今までニーヴの気配を感じ取れる人なんていなかったのに）

ニーヴの魔法を使えば、ここは簡単に切り抜けられるのだろう。けれど、ここへ連れてきてくれたライモンドの顔が思い浮《う》かぶ。

精霊と契約できるのは一握《ひとにぎ》りだけなうえに、そのほとんどが貴族だ。この老女もクレーティ商会の顧客《こきゃく》かもしれない。

魔法を使ったのにうまく切り抜けられなかったら、自分だけの問題ではなくなる。

——ベルリオーズ公爵《こうしゃく》家。

ふと、精霊を司《つかさど》る高貴な家名が思い浮かんだ。

(そうだわ。ライモンドはこの建国祭にベルリオーズ公爵家の方がお出ましになると言っていた。その家の方だったら、ニーヴの気配を感じ取れてもおかしくない。できるだけ関わらないよう、あたりさわりなくこの場を去らなければ)

そう思って足に力を入れたところで、老女がふふふっと上品に微笑んだ。

「ねえ。私、あなたとゆっくりお話がしたくてよ。ぜひうちに招待させていただけないかしら」

「……!?!?　いえ、あの」

「あら、ご承諾《しょうだく》いただけない？　でしたら、少し強引《ごういん》な手段に出るしかありませんねえ。……リサ」

なぜか話は聞いてもらえないようだ。

老女が自分の精霊の名を呼ぶと、車椅子を押していた精霊は遠慮《えんりょ》がちにふわりと前に飛び出た。

どうやら、精霊の魔法を使ってニネットを拘束《こうそく》するつもりらしい。

（なぜ⁉　どうしていきなりこんなことを⁉）

『ニネット、ぼくにまかせて！』

戸惑《とまど》っているうちにニーヴがキッと険しい顔つきをして飛び上がり、老女に向かってふうと息を吹《ふ》いた。

すると、ごうごうと音を立てて大きなつむじ風が起きる。

魔法を発動させかけた『リサ』と呼ばれた精霊と老女はみるみるうちにその中に包み込まれ、見えなくなってしまった。

『今のうちに逃《に》げよう！』

「ええ」

王都にやってきてから、ニーヴが大きな魔法を使うところを見たのは初めてだった。呆《あっ》気《け》に取られながらも、ニネットは走ってなんとか花畑を逃げ出す。

間一髪《かんいっぱつ》で逃げ帰ることに成功したのだが、どうしても不思議なことがひとつ。

（あのおばあさん……どうして私を捕《と》らえようとしたのかしら）

ニネットとニーヴが去った少し後。

王城内の、精霊花だけが植えられた花畑に、一人の男がやってきた。

巷《ちまた》では『冷酷《れいこく》』と噂《うわさ》される公爵閣下、ティルソン・ベルリオーズだ。

幼い頃にはティルと呼ばれ、精霊と縁深い町サンクチュアリで過ごしていたこともある。

「愛し子様、こんなところにいらっしゃったのですか」

「ティルソン。『ひいおばあさま』と呼んでくださいといつも言っているでしょう？……それよりね、今、あなたの伴侶《はんりよ》となる女性――『精霊の愛し子』を見つけたところなの。彼女には私のリサがしっかり見えているみたいだったわ。我がベルリオーズ公爵家に必要な人間よ」

「……それは本当ですか」

「ええ。逃げられちゃったけど、すぐに捜《さが》させるわね。あなたのおばあさまが持ってくる縁談《えんだん》なんかとは意味が違《ちが》うわ。絶対に追い返してはいけませんからね。約束ですよ」

その言葉に、ティルは顔を顰《しか》めてため息をついたのだった。

（……最悪だな）

ベルリオーズ公爵家に戻《もど》ったティルは、早速側近に『愛し子』が出会った女性のことを調べさせた。

そして、なかなか最悪な結果が記されていた調査資料を手に表情を歪《ゆが》める。

「まさか、愛し子様が見つけてきた『精霊の愛し子』はクレーティ商会で働く人間か」

「そのようです。この短期間では詳《くわ》しい事情までは調査できませんでしたが、家族がいないとのことでした。クレーティ商会に住み込みで勤めているようで、商会主のライモンドとは仲がいいようです」

「なるほど。クレーティ商会のライモンド・クレーティは遊び人だ。その従業員で、ライモンドのお気に入りとなると、とんでもない女が来るかもしれないな」

ため息をついたティルに、側近がものすごく言いにくそうに告げる。

「……調べていたところ、いろいろと恐《おそ》ろしいエピソードを聞きまして。友人の縁談を破談させた、友人をけしかけて婚約破棄《こんやくはき》させたあと駆《か》け落ちさせた、など。確かに、とんでもない悪女のようです」

「……。想像しうるなかでも最悪だな。しかし、愛し子様の能力は日に日に弱まっている。国と家のためには、新たな愛し子を誕生させるか、外から見つけて迎《むか》え入れるしかない」

ティルは頭を抱《かか》えて目を閉じた。

このベルリオーズ公爵家は特別な家だ。

精霊《せいれい》を介《かい》して行われる契約《けいやく》や精霊自体との契約を司り、秩序《ちつじょ》を維持《いじ》する役割がある。

そのため、定期的に『精霊の愛し子』と呼ばれる特別な存在が生まれ、家と国の存続を可能にしていく。

万一のときのために、サンクチュアリと呼ばれる特別な町とも繋《つな》がりを持っていた。

ティルソンが幼い頃《ころ》に『ティル』としてサンクチュアリに預けられていたのはそういう事情もある。

しかし、そんな特別な家でも『欠陥品《けっかんひん》』が生まれることはある。

(それが俺だった)

ベルリオーズ公爵家はその役割上、精霊を見る必要があるため、血筋の人間であれば精霊を使役《しえき》しなくても視認《しにん》できる契約を代々結んでいる。

けれど、子どもの頃のティルにはそれが見えなかった。母親が死んですぐに家を追い出されたのはそのせいだ。

(幸い、『精霊の愛し子』に惑《まど》わされないという点だけは受け継《つ》いでいたようだが)

十年前にサンクチュアリが消えたとき、ティルはもう一度ベルリオーズ公爵家の人間として生きていくことが決まった。と同時に、なぜか精霊が見えるようになっていた。

自分を捨てた家があっさり手のひらを返してきたことにいろいろな不満はあった。

だが、アルヴィエ男爵《だんしゃく》家で受けた英才教育でベルリオーズ公爵家の役割と国の存続をよく理解していたティルは、全《すべ》てを飲み込むしかなかったのだ。

そして、消えた初恋《はつこい》の人への想《おも》いがもう叶《かな》わないのはわかっていた。

(愛《いと》し子が見つかったのなら、当然迎え入れるべきだ。しかしどうしても……ニネットのことが頭から離《はな》れない)

普段《ふだん》はニネットへの想いを隠《かく》せているはずだった。

けれど、いよいよ縁談に応じなければいけないと思うと、どうしようもない無力感にため息が漏《も》れる。

「今回の縁談にはあまり賛成ではありません。愛し子様が見つけた彼女は契約結婚《けいやくけっこん》としてお迎えになればいいのではないでしょうか。ベルリオーズ公爵家の人間としても、悪女がこの家に入ることは許せません。精霊を使った『白い結婚』の契約を結ぶのです」

「……」

側近からの提案に何も答えないでいると、足音が遠ざかっていき、扉《とびら》が閉まった。

一人になった書斎《しょさい》で、ティルは調査資料に書いてあった名前を反芻《はんすう》して天井《てんじょう》を見上げる。

「……ニネット・ノークスか。名前が同じなのは何の因果なんだろうな」

幼い頃に手を取り、寄り添《そ》ってくれた年上の少女との思い出が胸をよぎる。

くれた。

突然《とつぜん》養子として連れてこられた自分を何の抵抗《ていこう》もなく受け入れ、家族として大事にして

ニネットが複雑な事情を抱えていると知ったのは少し大きくなってから。

そのときは、いつも明るく誰《だれ》に対しても分け隔《へだ》てなく接する彼女に、苛立《いらだ》ちのようなものを覚えた。

優《やさ》しくて強いニネットは、自分が守りたい。

そう決めた日の強い想いは、いまだに色褪《いろあ》せることはないのに、行き場を失ってしまったようだった。

第四章 ✦ 求婚

ニネットが王城の建国祭で老女に声をかけられた日から数日後。

クレーティ商会にはとんでもない客が訪《おとず》れていた。

「ベルリオーズ公爵家《こうしやく》からの使いでまいりました」

屋敷《やしき》のエントランスで恭《うやうや》しく挨拶《あいさつ》をしてくる男に、ニネットは後退《あとずさ》りをした。

そんなニネットを、商会の従業員たちは顔を引き攣《つ》らせつつも遠巻きに見守っている。

ニネットも戸惑いしかなかった。

(どうして私のところに公爵家からの使いが⁉)

『ニネット困ってる？　どこかに飛ばしちゃう？』

(そっ……それはだめ！)

クレーティ商会で公爵家からの使いが空を飛んだという噂が広がってしまったら、大変なことになる。この大きな商会が潰《つぶ》れる危機に瀕《ひん》する。どうかやめてほしい。

慌《あわ》ててニーヴを制止すると、ニーヴはおとなしくニネットの肩《かた》に座ってくれた。使いは、その動きを目で追うことはない。

（よかったわ。精霊を司《つかさど》るベルリオーズ公爵家からの使いだけれど、ニーヴの姿は見えていないみたい）

ほっとしたところで、騒《さわ》ぎを聞きつけたライモンドが到着《とうちゃく》したようだ。

ニネットに代わり、前に出てくれる。

「高貴な公爵家からの使いの方が、我々のような下々の商会の従業員に何のご用でしょう？」

「ニネット・ノークス様には特別に精霊に好かれるという特異な体質がおありのようです。精霊を司る我がベルリオーズ公爵家はそのような人間を迎え入れ、繁栄《はんえい》することを国から求められている家でございます」

「前置きは結構です。端的《たんてき》に、どんなご用件で？」

不穏《ふおん》な空気を察しているらしいライモンドが苛立ちを隠せない様子で聞き返すと、使いは表情を変えず書簡を広げてみせた。

「我が公爵家の当主、ティルソン・ベルリオーズ公爵閣下はあなたに結婚を申し込むと」

「「…………」」

いつもは活気あるクレーティ商会のエントランスに沈黙《ちんもく》が満ちる。

そして、数秒の後。

「○×△☆……!?」

声にならない悲鳴が屋敷に響《ひび》き渡《わた》った。

ニネットだけではなく、周囲の全員が信じられないという様子でこちらを見ている。世間での『恋愛《れんあい》マスター』という噂《うわさ》を知っている数人が「やはり」という顔をしているが、どう考えてもこれはそういう類《たぐい》の話ではない。ちょっと待ってほしかった。

(あのベルリオーズ公が私に求婚⁉　一体どういうこと！)

その一方で、この商会の主人、ライモンドだけは冷静なようだ。

さっきまでの人当たりのいい外面《そとづら》を引っ込めて、商人として交渉《こうしょう》するときの顔を見せた。

「いきなり訪ねてきてこれか。随分《ずいぶん》横暴だな？　公爵家はこの扱《あつか》いが人身売買と変わらないことをわかっているのか」

「お決めになるのは、そちらのニネット様です。クレーティ商会の商会長様に申し上げることはございません」

「……」

ぴしゃりと言い放つ姿に、空気が変わった。

この縁談《えんだん》は冗談《じょうだん》の類などではなく本気なのだ。そして、こちら側に選択《せんたく》の余地はない。

(やっぱり、この前の建国祭でのことがきっかけなんだわ。……何より、ベルリオーズ公爵家って、クレーティ商会とも多大な取引があるのよね。それだけじゃない。王宮や社交界にも大きな影響《えいきょう》力を持つ、とんでもない権力を持った家だわ)

ライモンドは抵抗してくれているが、自分がこの縁談を受け入れないと商会は窮地《きゅうち》に陥《おちい》る可能性があるのだろう。それぐらいニネットにもわかった。

ふと、十年前のある日の記憶《きおく》が蘇《よみがえ》った。


『——俺が行きます』


精悍《せいかん》な顔つきで継母《ままはは》を睨《にら》んだティルの姿が思い浮《う》かぶ。

(あのとき、ティルは迷わずに生贄《いけにえ》になることを選んだ。自分を引き取り、ここまで育ててくれたお父様への恩返しとして。そして、そのお父様の娘《むすめ》である私を守るために)

躊躇《ちゅうちょ》することなく、生贄になることを申し出たティル。

今、その覚悟《かくご》がどんなものだったのかやっとわかった気がした。

(もともと、私は落ち着くまでここに置いてもらうだけのつもりだったんだもの。それなのに、助けてくださったライモンドや商会の人たちに迷惑《めいわく》をかけるわけにはいかない)

公爵家がただ単に『精霊《せいれい》に好かれる』人間を集めているのか、それともほかに目的があるのかはわからない。

けれど、ニネットにはニーヴがついている。いざとなれば、危険から身を守ることぐらいはできるだろう。

そう思うと、心は決まった。

「……その縁談、お受けします」

「は!?」

ライモンドが驚《おどろ》いて割って入ろうとするが、公爵家からの使いはニネットの答えを確認できればそれでよかったらしい。

「ではそのように手続きをさせていただきます。後日、迎《むか》えに参りますのでそれまでにお支度《したく》を。支度といっても、全《すべ》てはこちらで準備します」

言いたいことだけを告げて、帰って行った。

『ニネット。もしかして、とんでもなく嫌《いや》なヤツのところに玉の輿《こし》、って感じか？』

ざわざわとした商会のエントランスで、ニーヴが気遣《きづか》ってくれる声がニネットの耳に響いていた。


数日後、ニネットはベルリオーズ公爵家に向かうことになった。

朝、公爵家からの迎えの馬車の前で、ライモンドが珍《めずら》しく神妙《しんみょう》な表情をしている。王都に来てからずっと気にかけてくれた彼は、ニネットのことが心配なのだろう。

「ニネット。本気で行くつもりなのか？　もしうちの商会のことを気にしているのなら、そんなこと――」

「そろそろ結婚《けっこん》するのも悪くないかなって思っていたの」

「ニネット？」

「私、十八歳で適齢期《てきれいき》ですし」

もうこれ以上余計な迷惑をかけるわけにはいかない。

ここまで世話をしてくれただけで十分すぎるし、一生をかけても返し切れない恩があるくらいのことは感じていた。

優《やさ》しさに感謝しつつ気丈《きじょう》に微笑《ほほえ》むと、ライモンドが決意したように口を開く。

「それなら、相手は俺じゃダメなのか？」

「え？」

思いがけない言葉に顔を上げると、そこには真剣《しんけん》な表情があった。

いつもの人たらしで誰《だれ》にでも愛想《あいそ》のいいライモンドではなく初めて見る顔に、ニネットは思わず息を呑《の》む。

「公爵家とまでは行かなくても、不自由はさせない。この縁談を断ったとして、ベルリオーズ公爵家との取引がなくなったとしても、俺は――」

「ありがとう」

それだけを告げて手を差し出すと、ニネットの想《おも》いを汲《く》んでくれたのか、ライモンドも

察したように微笑んだ。そうして、次の言葉を続けることなく、同じように手を差し出してくれる。

握手《あくしゅ》を交《か》わしながら、ニネットはクレーティ商会との別れを実感するばかりだ。

ライモンドはニネットにとって頼《たよ》り甲斐《がい》のある上司であり友人だった。

しかし、愛《いと》し子である自分の体質のことはいつだって頭の中にあった。

(私は、異性を引き寄せるという特異な体質を持っている。普段《ふだん》、このお屋敷の中ではニーヴに守られてライモンドとの関係も良好に保てた。でも、これからはそうはいかないのかもしれない。だとしたら、尚更《なおさら》私はここを去らないと)

王都で頼りになる友人と離《はな》れることは寂《さび》しいし、心細くもある。

けれど。大事な人たちが築き上げた社会を、人間関係を、自分が壊《こわ》してはいけない。

クレーティ商会に別れを告げ、ニネットはベルリオーズ公爵《こうしゃく》家にやってきた。

さすが、筆頭公爵家であり特別な地位と役割を授《さず》かる家である。

美しく整えられた庭園には中央に噴水《ふんすい》があり、そこを抜《ぬ》けて階段を上っていくと、白亜《はくあ》の城への入り口が現れる。

先日訪問した王城と一体どこが違《ちが》うというのだろうか。

広すぎる屋敷《やしき》にひとしきり驚いたところで、簡素な応接室に案内された。

（このお屋敷にこんな質素なお部屋があるなんて信じられないわ。まるで、私を迎え入れるためにわざわざ準備されたみたい。だとしたら、私はほとんど強制的に連れてこられたというのに、全然歓迎《かんげい》されていないのね）

とはいいつつ、広さだけはある。

家令と二人しかいない部屋には無駄《むだ》に声が響く。

部屋の中を視線だけでぐるりと見回し、これからの残念な暮らしを予想しかけたところで、信じられない言葉を告げられた。

「――いいですか。旦那《だんな》様はあなたを愛することはありません。これは契約結婚《けいやくけっこん》ですので」

「契約、結婚？」

「はい。詳《くわ》しくはこちらをご覧ください。この契約に関する詳細《しょうさい》が記されています。もし不服に思われる点があれば、最大限は譲歩《じょうほ》いたします。ですが、この結婚にはわずかすらも愛情が伴《ともな》わないものだという点だけはご了承《りょうしょう》いただきたい」

まさかの言葉に目を瞬《しばたた》くニネットの前、家令が契約書を広げる。

一方、様子を見守っていたニーヴはとても怒《おこ》っているようだった。

『何これ！　ニネットをわざわざ呼びつけておいてこの仕打ち！』

キーキー騒《さわ》いでいるニーヴの声が聞こえないらしい家令は、慇懃《いんぎん》無礼に続ける。

「正直に申し上げますと、我々公爵家の人間はあなたを警戒《けいかい》しています。愛し子の力を悪用し、人を惑《まど》わしこの家を乗っ取る可能性があると」

言いたいことだけを至極丁寧《しごくていねい》に伝えてくる家令への対応としては、普通《ふつう》ならばニーヴのように失礼だと怒るのが正解なのだとはわかる。

けれど、ニネットはそうでもなかった。

(懐《なつ》かしいな……この感じ)

王都に来てからというもの、自分はすっかり『恋愛《れんあい》マスター』扱《あつか》いだったのだ。

その評判が影響《えいきょう》してこのような契約結婚を申し入れられることになったのかもしれないが、あからさまに自分を『男たらしの悪女』だと敵視し、警戒してくるこの雰囲気《ふんいき》が懐かしい。

(こんなときは、いつもティルが私の代わりに怒ってくれたのよね)

つい、とても大切にしていた弟分に想いを馳《は》せてしまう。

「当家の血筋である旦那様はあなたに惑わされることはありません。ですが周囲へ及《およ》ぼす影響を鑑《かんが》み、まずは婚約期間を含めて三年間という期限付きの契約結婚をしてあなたのことを見極《みきわ》めたいとのお考えです」

家令が言っていることはわからなくもないが、わざわざ『愛し子』を探し出したうえで期間限定の契約結婚を申し込むとは。

不思議に思ったニネットは聞いてみる。

「この家は『愛し子』の力で繁栄《はんえい》してきたのではないのでしょうか？　それなのに、三年で放《ほう》り出していいのですか？」

「これまでの愛し子様には悪女と呼ばれるような所業に及ぶお方はおりませんでしたから。三年経《た》って問題がなかったときに、また契約を結び直すか正式な公爵夫人になっていただくかを検討させていただきます」

「……」

きっと、『悪女と呼ばれるような所業』には恋愛マスターとしての逸話《いつわ》が数えられているのだろう。

（この強気さ……公爵家であるということのほかに、三年の間に私が何かをしでかすと確信しているのでしょうね）

呆《あき》れを通り越《こ》して脱力《だつりょく》してしまう。

けれど、考え方を変えるとこれはニネットにとって願ってもないものだ。

契約書に書かれている文言を確認《かくにん》すると、「これは白い結婚である」「契約満了《まんりょう》時には相応の報奨金《ほうしょうきん》を支払《しはら》う」などニネットにとって好都合なものばかり。

何よりも、報奨金の金額がものすごいことになっていた。

恐らく、守秘義務を含《ふく》めた上でのものなのだろう。

一生遊んで暮らせるほどの額に、これならばお世話になったクレーティ商会に恩返しができるのではと閃《ひらめ》く。

（それに……これだけあれば滅《ほろ》びたサンクチュアリに家を建てて一人で暮らすことができるかもしれない）

この家令は偉《えら》そうに「まずは三年」と言っている。けれど、三年後にもう一度契約を結び直さなければいいだけの話なのだ。

そうすれば、クレーティ商会に迷惑《めいわく》をかけないどころか資金面で恩を返しつつ、自由を手にできる。

しかし、ニーヴは憤慨《ふんがい》したままだ。

『ちょ……ちょっとニネット!? なんか真剣に契約書読んでるけど、もしかしてこの話を受け入れようとしてる!? この家の人はニネットのことを最低の悪女だって言ってるんだよ？ 結婚を申し込んできたのはそっちのくせに！』

（ニーヴ。これで、今までお世話になった人たちに恩返しができるのなら、私の『恋愛マスター』や『悪女』の噂《うわさ》も広まった甲斐《かい》があると思うの。それに、裏で手を引いてくれていたのは精霊《せいれい》たちなのでしょう？）

『うっ……それを言われると……っ』

(利用されるのなら、こちらも逆に利用するまでなんだから！)

ここへは、死ぬのとほぼ同じ覚悟《かくご》で来たのだ。

ということで、ニネットはあっさり決意した。

「かしこまりました。この契約書によると、これは初夜を迎《むか》えない『白い結婚』なのですね。私としてもありがたいことです」

「ご理解いただけて何よりです。ではさっそく署名をお願いします。精霊による契約が済むまでは、旦那様──ベルリオーズ公爵はあなたの前に現れませんので」

家令の説明に、ニネットは躊躇《ためら》うことなくサインをする。

すると、家令は眼鏡を人差し指でクイとあげつつ、ひとりごとのように呟《つぶや》いた。

「可能であれば保証人としてご家族の署名もいただきたかったのですがね」

(冷酷《れいこく》と悪名高いベルリオーズ公爵のところに嫁《とつ》げと言われたときには、どうなることかと思ったけれど……妻としての役割を求められないなんて、とても幸運な気がする……！)

ぼんやりとしている間に契約書が白く光りはじめたことに気がつき、ニネットは慌《あわ》てて意識を呼び戻《もど》した。

契約書の上には、かわいらしい女の子の姿をして白銀の衣を纏《まと》った精霊が舞《ま》っている。

「あなたには見えないかもしれませんが、ここには特別な精霊がいるそうです。今から

『白い結婚』を証明するための精霊による契約を行いますが、この契約は私のほかには旦那様しか知りません。他人には絶対に口外なさいませんように」

「はい、承知しました」

その精霊が見えないふりをしながら、ニネットは微笑《ほほえ》み頷《うなず》いた。

（この家の方は、私が愛《いと》し子だということだけは知っているけれど、きっと侮《あなど》っているところがあるのだわ。それならその方がいい。三年間の契約結婚なのだとわかった今、三年後に出ていけなくなるきっかけをつくるのは避《さ》けたい）

あの老女はニーヴの気配を感じているようだったが、この家令やニネットが契約結婚を交《か》わした『公爵様《こうしやく》』はニネットがそこまでの存在とは思っていないのだろう。

ところで、精霊契約はイスフェルク王国で絶対的な効力を発揮する特別な契約だ。

精霊の加護により契約が破られることはないし、どんな公的な書類よりも強い効力を持つ。

破棄《はき》するには、それ以上に高位の精霊を味方につける必要がある。

『ニネット、この契約書はぼくよりも下位の精霊が作成したものだ。ニネットに不利なことは書かれていないと思うけど……もし嫌《いや》になったらいつでも破棄できるからね』

（ありがとう）

ニーヴに視線でお礼を伝えつつ、あらためてニーヴの力の強さを知る。

こんなにかわいくて金平糖に目がないニーヴが、あのベルリオーズ公爵家の精霊契約をひっくり返す力を持っているなんて。

そんな中、契約書に精霊がキスをすると、キンッという甲高《かんだか》い音が響《ひび》いた。

無事に『白い結婚』の契約が結ばれた証《あかし》だった。


契約が終わると、ニネットは夫となる男がいる書斎《しょさい》へと案内された。

今まさに開けられようとしているその扉《とびら》の前で、ニネットはゆっくり深呼吸をする。

この縁談《えんだん》が持ち込まれた後、あのお茶会でベルリオーズ公と見合いをしたと言っていたベティと話をした。

縁談を受け入れたと話すニネットを、ベティは必死になって止めてくれた。

『ベルリオーズ公爵、あれは無理よ。後ろ盾《だて》のない令嬢《れいじょう》ではどんな目に遭《あ》うか。精霊によって成り立つこの国のために生贄《いけにえ》になるようなものだわ』

（その言葉が怖《こわ》くないわけではない……でも）

けれど、ニネットはすでに八年間という月日を失った。

大切な故郷や大事な人はもういない。

ならば、国のためにこの役割をこなすのも悪くはない。そんな気がする。

（心配されながらここへ来たけれど大丈夫《だいじょうぶ》。だって、私は一度生贄になったんだもの。あのときで、私の命は終わったようなものだし……！）

気合いを入れ直して息を吐《は》いたところで、家令が告げてくる。

「いいですか。入ったら名乗って、旦那《だんな》様が話しかけてくるまでお待ちください」

「……………はい」

（仮にも自分から求婚《きゅうこん》した相手なのに、名乗れとおっしゃるのね）

これでは、妻となる人間の名前すら覚えていないと言っているようなものだ。

いくら契約《けいやく》結婚とはいえ、この家の主人は本当に噂通りすぎるのではないか。

ついうっかり滲《にじ》み出てしまった呆れた表情を引っ込め終わらないうちに、書斎の扉が開く。

一気に光が差し込んだ先には一人の男性が立っていた。

ニネットの位置からは逆光で顔が見えないが、彼はこちらを見た瞬間《しゅんかん》に手に持っていた何かを落としたらしい。

ガシャンという、グラスが割れるような音がしたあと、ぽつりと低い声が届いた。

「ニネット……？」

――自分の名を呼ぶ、この響きには覚えがある。

部屋の明るさに目が慣れたその先の景色に、ニネットは息を呑《の》む。

なつかしい銀色の髪《かみ》に、深い青の瞳《ひとみ》。すっかり大人の男の人になってしまっているけれど、ニネットは確かにその青年に見覚えがあった。

線が細く、まだ子どもとしか思っていなかった少年。

もし奇跡《きせき》が起きてまた会うことができたらどんな大人になっているのだろう。この二年の間に何度思ったことか。

その想像を遥《はる》かに超《こ》えた、大人になったティルがそこにいた。

あの頃《ころ》と変わらない深い青の瞳に、これ以上はありえないほどの驚《おどろ》きを湛《たた》えて立ち尽《つ》くしている。

「ティル！」

考えるよりも先に体が動く。駆《か》け寄って、そのままニネットはティルに抱《だ》きついた。

あの頃のように抱きしめると、反対に抱き止められるような形になってしまう。

長い時間が経《た》ってしまったことを感じずにはいられなくて、涙《なみだ》が溢《あふ》れてくる。

「もう……会えないと思ってた……っ！」

「ニネット……」

耳元で聞こえた声に、ますます涙が流れる。

頬《ほお》を伝って落ちて、涙で顔がぐしゃぐしゃだ。

まともに話せる状態ではないけれど、話さずにはいられない。

「私の精霊が捜《さが》してくれたの！　でも、ティル・アルヴィエって名前の子はどうしても見つからなくて！　もしかしてあの日、災害に巻き込まれたんじゃないかって、ずっと……！」

「俺だって、ずっとニネットのこと捜してた」

——抱きしめ返してきた腕《うで》の力は、あの頃よりもずっと強く感じられた。

「ニネットがいなくなった後、俺はベルリオーズ公爵家に戻ることになったんだ。元々、自分が王都にタウンハウスを持つどこかの貴族に捨てられた子どもなのはわかっていた。でも、まさかそれがこの家だなんて思いもしなかった」

再会してすぐにティルは書斎の人払《ひとばら》いをし、扉を閉めた。それから、ここまでどうやって生きてきたのかを打ち明けあうことになった。

ニネットにお使いを命じられたあの日。

ティルは言われた通りに町の商店で懐中時計《かいちゅう》を取り戻し、アルヴィエ男爵《だんしゃく》家に戻ろうとしたのだという。

そこで、『厄災《やくさい》』と呼ばれるあの災害に襲《おそ》われたらしい。

（その後、ちょうど跡取《あとと》りが亡《な》くなってティルを捜していたベルリオーズ公爵家に引き取られたと。今の環境《かんきょう》がティルの望みかどうかは置いておいて、滅《ほろ》びてしまったサンクチュアリで、ティルがひとりきりにならなくて本当によかった……）

ひととおり話を聞き、自分も話し終えたニネットは複雑な思いで息を吐く。

一方のティルは、何やら怒《おこ》っているようだ。

「洞窟《どうくつ》にいる間に八年間も経っていたなんて、そんなことがあるのか。……しかし、まさかあのクソババアとエッダがニネットを売り飛ばそうとしていたなんて」

大人になり、すっかり公爵様らしい外見になったティルの口から『クソババア』という言葉が発せられるとは。

新鮮《しんせん》なんだか懐《なつ》かしいんだか、感情が迷子になってしまう。

一瞬《いっしゅん》、顔を引き攣《つ》らせたニネットだったが気を取り直す。

「でも、そのおかげで私は精霊《せいれい》と契約《けいやく》できたし、その精霊のおかげでこうしてティルと再会できたの。ね、ニーヴ」

『ぼくもニネットのお家《うち》の人は嫌《きら》いだよ』

ティルの怒《いか》りを鎮《しず》めたかったのに、ニーヴも怒っている。

「その子がニネットの精霊か」

「ええ……って、ティルもニーヴが見えるのね!?　ニーヴがきちんと見える人は初めてよ」

「ああ。古い時代に、ベルリオーズ公爵家の正統な跡取《あとと》りは精霊を使役《しえき》せずとも姿が見えるように契約が結ばれているんだ。俺が三歳で『欠陥品《けっかん》』と言われてここを追われたのは、精霊が見えないことが判明したせいだ。なぜ成長したら見えるようになったのかはわからないが」

（そんなこと、あるのね!?　それに、ニーヴがはっきり見えるなんてベルリオーズ公爵《こうしゃく》家の後継者ってすごいわ。私をここへ導いた女性でさえ、姿ではなく気配を感じ取っている様子だったのに）

ティルから明かされた事実にネットは驚きを隠《かく》せないし、一方のティルも説明しながら自分でも不思議そうだ。聞いていたニーヴが教えてくれる。

『もしかして、サンクチュアリが滅びたことと関係あるのかもね。一つの町が滅びるほどの精霊の力を浴びたんだもん。それがいい刺激《しげき》になったんじゃないかな？　規模が大きいショック療法《りょうほう》、みたいな』

「「ショック療法って……」」

ニーヴの適当すぎる説明に、ニネットとティルは同時に呆《あき》れた声を上げ、顔を見合わせて笑った。

精霊にとっては当たり前のことかもしれないが、人間にとっては違和感《いわかん》が大きいこともある。

「こんな感じの高位精霊、初めて会ったな」

「ふふっ。かわいいでしょう？」

笑い合う二人の様子をじっと見ていたニーヴが、ふるふると震《ふる》え出した。

見ると、唇《くちびる》を噛《か》んで目に涙を溜《た》めている。どうやら感極《かんきわ》まってしまったらしい。

『二人は本当に仲良しなんだねえ。ニネット、本当によかったぁ』

「ニーヴ……」

ふるふるがぷるぷるになったニーヴは、ついにべしょべしょに泣き始めてしまった。

ぽつん。

と同時に、部屋の天井《てんじょう》からも冷たいものが落ちてくる。

「……雨か？」

「待って、ニーヴ！　お部屋が濡《ぬ》れちゃうわ！」

ニーヴはそんなことはお構いなしに一気に泣き出す。

『よかったねえ～～～！』

ざああああと部屋の中に雨が降り出す。見事すぎるほどの室内の土砂降りである。

みるみるうちに、豪奢《ごうしゃ》な調度品に雫《しずく》が溜まっていく。大惨事《だいさんじ》だ。

「これは何だ……⁉」

「ニーヴ、これ食べて！　金平糖！　今日は七色もあるのよ！　全部違《ちが》う味！　好きなだけ食べていいから！」

ティルは呆気《あっけ》に取られているが、ニーヴと普段一緒《ふだんいっしょ》にいて大体のことは知っているはずのニネットだってこんなのは初めてだ。

（とにかく宥《なだ》めないと！）

慌《あわ》ててニーヴに金平糖をあげ、気持ちを落ち着かせると雨は止《や》んだ。

一連の流れを見ていたティルが遠い目をする。

「今のように、単独で天変地異を起こせる最上位クラスの高位精霊か」

「ええ、サンクチュアリであれだけ悪女扱《あつか》いされていた理由がわかっちゃったでしょう？」

「愛《いと》し子と呼ばれる人間は複数存在するが、ここまでの愛し子はまずいないよ」

感心したような声。

そして、ティルが話している内容はアルヴィエ男爵家で教わったものではないし、もちろんニネットも知らないことだった。

最後に会ったとき、ティルはまだ少年だった。けれど、ニネットが知らない十年間を歩んできたのだろう。

ニネットの目の前にいるのは、あの頃のティルの面影《おもかげ》は残しつつ、しっかり『ティルソン・ベルリオーズ公爵閣下』だった。

再会して半刻ほど。やっと涙が乾《かわ》いたところなのに、また視界が歪《ゆが》んでくる。

「ティル……すっかり大人になっちゃったのね。お姉さんはうれしいわ」

「ニネットは全然変わってない。あの頃《ころ》のままだ。……いや、ニネットの身に起きたことを考えると当然か」

「ティルの評判は聞いているわ。冷酷《れいこく》で怖《こわ》い公爵様だって。どうしてそんなふうに振《ふ》る舞《ま》っているの？」

問いかけながら、ついくせでティルの頭を撫《な》でてしまう。

あの頃も、嫌《いや》がられながらティルの頭をよく撫でていた。すると、いつも面倒《めんどう》そうにしながらも大人しくそのままでいてくれるのだ。

そんなところも含《ふく》めて、優《やさ》しいいい子なのだと思っていた。

けれど、今日は違った。

「ニネットの話も聞いたことあるな」

「えっ」

気がつくと、ティルの頭を撫でていた方の腕《うで》を掴《つか》まれている。

力はこもっていないので当然痛くはない。けれどこれまでにこんなことはなかったので、驚《おどろ》いた。

「ティル……？」

「悪女で恋愛《れんあい》マスター」

「！　それは！　誤解で！」

まさか、その二つ名がベルリオーズ公まで届いていたとは。とんでもない誤解だ。

思いがけず向けられたティルからの疑いの目に、ニネットはぶんぶんと首を振る。けれど、ティルの手はニネットの腕を離《はな》さなかった。

「……これからは、また俺が守る。そんなことを言う人間がいたら、絶対に許さない」

そんな風に告げられて、不覚にもどきりとしてしまう。

びっくりするほどの率直《そっちょく》な瞳《ひとみ》。かつても、ティルはこんなふうに見てくる少年だった。

あの頃も、正直でまっすぐで、大切だった。

けれど、こんな感覚になったのはこれが初めてのこと。

（私ったら、ティルが大人になって現れたから緊張《きんちょう》してるのかな）

よくわからない罪悪感を抱《いだ》いて困惑《こんわく》したニネットは、ティルの手を振り解くとゆるやかに話題を変えた。

「それで、悪女で恋愛マスターの私は、契約結婚《けっこん》相手として公爵家に迎《むか》え入れられたのよね？　悪女でないとわかっても、三年間も契約していいのかな」

「っ！　それはすぐに破棄《はき》……」

「契約通り、ここにいる間はベルリオーズ公爵家とティルに『精霊の愛し子』としての力を貸せばいいのよね？」

「いやニネット」

ニネットは、さっきまでのティルの公爵様っぽい表情が崩《くず》れたのを見逃《みのが》さなかった。

戸惑《とまど》って、困ったような表情。

これは、サンクチュアリのアルヴィエ男爵《だんしやく》家に連れてこられたばかりのころのティルがよくしていた顔だ。

（ティルは我慢《がまん》強くて、言葉が足りないところがあるけれど、優しい子なの）

そう思うと、この二年間すっかり離れていた姉としての感覚が目覚めてくる。

何やら狼狽《ろうばい》している目の前のこの弟分を抱《だ》きしめたい。けれど、さっきそれができたのは十年ぶりの再会だったからなのだ。

となると、あとは大人らしく、ティルをサポートするほかない。

ニネットは両手を合わせて微笑《ほほえ》む。

「でもいつかはこんな契約《けいやく》じゃなくて本当に結婚しないといけないのでしょう？　いいわ、三年の間に、ティルが心から好きになれるような愛し子を探すのを手伝ってあげる。それとも、本当に好きな人と結ばれるようにお飾《かざ》りの妻を演じ続けましょうか？」

「……」

「最後の別れのときに、きちんとティルの話を聞いてあげられなかったことがずっと心残りだったの。あんなに真剣《しんけん》に悩《なや》んでいるみたいだったのに」

「ニネット、それなら」

「だからね！　今からでも、あなたのためにできることは何でもする。ティルは私の大切な弟なんだもの！」

「……弟」

「弟！」

なぜかソファに沈《しず》んでしまったティルの方から聞こえた言葉を反復する。

別れの日に話せなかった話題が出てくるのかと笑顔《えがお》で待っていたニネットに聞こえてきたのは、低く響《ひび》く声だった。

「……確かに、こんな形ばかりの結婚で手に入れたって何もうれしくないな」

「ティル？」

意味がわからずに首を傾《かし》げると、ティルは顔を上げた。

「これが契約結婚だと知っているのは、俺と契約に立ち会った家令だけだ。あとはこの屋《や》敷《しき》の人間は誰《だれ》も知らない」

「？」

「だから——皆《みな》の前ではまず仲がいい婚約者として振る舞うことになるけど、いい？」

急にどこか声色《こわいろ》が変わったような。

一瞬《いっしゅん》戸惑《とまど》ったものの、確かにティルの言う通りには違いない。

さっき、殺風景な応接室で契約を交《か》わしたとき、家令にもしっかりと「この契約のことは口外しないように」と釘《くぎ》を刺《さ》されたのだから。

(それもそうね。契約結婚だと知られないように頑張《がんば》らないと)

「ええ、いいわ」

頷《うなず》くと、隣《となり》に座っているティルはおもむろにニネットの髪《かみ》に触《さわ》る。

ついさっきニネットがティルにしたような、子どもの頭を撫でるのとは明らかに違《ちが》う仕草に思わず驚いてしまった。

なぜか逃《に》げ出したいような気持ちになる。

けれどティルは動じない。

それどころか、そのままニネットの長い髪の先にくちづけたのだ。

「言質《げんち》は取ったぞ、ニネット」

「……!?」

自分を見つめてくるティルの視線は優しいのにひどく挑発《ちょうはつ》的で、そのうえ声音はとんでもなく甘い。

経験のない仕草に、全身が熱くなって溶《と》けてしまいそうだ。

もうその演技は始まっているのだろうか。それなら仕方ない。これも契約の範囲《はんい》、応じるべきだろう。
しかし、いきなりこんなことをしてくるティルへの戸惑いは隠《かく》せなかった。
（なんだか……ティルが急に大人になってしまったみたいで、落ち着かない……！）

閑話✦エッダ・アンペール

王都の中心から少し離れた場所に、アンペール家の屋敷がある。

最新の建築技術を取り入れた趣味《しゅみ》のいい外見の館《やかた》に、王城の庭園と同じデザイナーに任せた庭。

場所こそあまりいいものではないが、誰もが羨《うらや》む華《はな》やかなお屋敷だ。

アンペール家は新興の商会『アンペール商会』を営む商家であり、『手段を選ばない』と揶揄《やゆ》する声や悪い評判に目を瞑《つぶ》れば、最近最も羽振《はぶ》りのいい家の一つとして知られている。

持っていないものといえば貴族の爵位《しゃくい》ぐらいのもの。

ほかの国では爵位は金で買えるものらしいが、あいにくイスフェルク王国にはそのような制度はない。

だからこそ、アンペール家のような新興の商家は婚姻《こんいん》で貴族とお近づきになるしか方法がなかった。

今日、アンペール家のサロンでお茶会を楽しむ令嬢《れいじょう》たちの話題も、そのことで持ちきりだった。

輪の中心にいるのは、エッダ・アンペール。

七年前に母親が再婚《さいこん》したことでこのアンペール商会の養子になり、可憐《かれん》な笑顔で周囲を惹《ひ》きつける一人の令嬢である。

エッダが王都にやってきたのは八年前。

それまで暮らしていたサンクチュアリと呼ばれる町が未曾有《みぞう》の災害に見舞《みま》われ、住めなくなってしまった。

それから各地を転々とし、あちこちでお世話になった後王都で暮らすことになったのだった。

災害をきっかけに家が消滅《しょうめつ》したものの、かつてはサンクチュアリの男爵家の令嬢だったことに加え、中位精霊《せいれい》と契約しているエッダはやがて王都の平民の間ではそれなりに名を知られる存在になった。

エッダが精霊との契約を利用してアンペール商会の手伝いをするようになったことをきっかけに母親の再婚が決まり、エッダは新興の商家であり大富豪《だいふごう》でもあるアンペール家の令嬢として暮らしている。

「エッダ様、ご婚約おめでとうございます」

一人の令嬢の声をきっかけに、皆の中に祝福が広がっていく。

エッダはにっこりと微笑んだ。

「ありがとうございます。まさか、貴族の方に縁談《えんだん》を申し込まれるなんて思っていなかったので、びっくりしちゃって」

「まぁ！　お相手は貴族の方なのですね。てっきり、エッダ様はお家《うち》のために裕福《ゆうふく》な商家の方との縁談を選ばれるのかと思いましたわ」

「私もそのつもりだったんですけど、どうしてもというお話だったもので、お受けすることにしましたの」

わぁうらやましい、という声が皆から上がる。

「私なんてそんな」と首を振《ふ》って応じると、サロンには「エッダ様は本当に謙虚《けんきょ》でかわいらしい方ですわね」という声が響いた。

一先《ひとま》ず承認欲求《しょうにんよっきゅう》が満たされたところで、話題はほかのことに移っていく。

「ご婚約といえば、あのお話は聞きました？　ベルリオーズ公爵《こうしゃく》がご婚約されたと」

「まぁ！　あのどんな令嬢に対しても冷たく接するという噂《うわさ》の？」

「素晴《すば》らしい家柄《いえがら》にルックス……悪い噂さえなければ、縁談という形でもいいからお話してみたいですわ」

「一度だけ、遠くからお顔を見たことがありましてよ。本当に素敵な方でしたのよ」

「うらやましい！」

皆の会話を静かに聞いていたエッダは、かちゃりと音を立ててティーカップを置くと、大袈裟《おおげさ》に怖《こわ》がってみせた。

「実は、私の結婚式は精霊契約《けいやく》を介《かい》したものになるみたいなんです。精霊を司《つかさど》るベルリオーズ公爵家に立ち会いを依頼《いらい》するそうで。……でも、そんなに怖い噂があるお方なのですね。心配になってきてしまいました」

「！　エッダ様でしたら大丈夫《だいじょうぶ》ですわ！　こんなに可憐なエッダ様をお嫌《きら》いになれる方なんて、どこにもいませんから。……って精霊契約の結婚式!?　さすが豪商《ごうしょう》アンペール家のお嬢様《じょうさま》ですわね」

「そうですわ。精霊契約って、貴族でも一握《ひとにぎ》りの方々しか行えないという伝統的なお式ですよね。なんて素敵なのかしら……！」

思った通り、憧《あこが》れの目を向けられてエッダはおっとりと首を傾げて微笑《ほほえ》むのだった。

「ふふっ。噂のベルリオーズ公爵様。怖いですけれど……一体どんなお方なんでしょうね」

第五章 ✦ 恋人同士のふり

念願の再会を果たしたその日の夜、ニネットは夢を見た。

ティルの七歳の誕生日の夢だ。


「じゃーん！　今日はティルのお誕生日だから、私が誕生日ケーキを焼いたの！」

テーブルの上には大きなケーキ。

白くこんもりしたクリームに、赤いイチゴがたっぷり飾《かざ》られていて、甘く爽《さわ》やかな香《かお》りが漂《ただよ》っている。

一部、クリームが剝《は》げてスポンジが見えているところはあるけれど、正面から見ればおいしそうで上出来な誕生日ケーキだ。

得意げにケーキを披露《ひろう》するニネットの向かいで、ティルも目を輝《かがや》かせている。

「すごい。シェフでもないのにこんなのつくれるんだ」

「ふふん。私はティルのお姉さんだもの！　さぁいただきましょう？」

そうして、ニネットはケーキにナイフを入れる。

ケーキとは思えないガコッという手応《てごた》えに嫌《いや》な予感はしたけれど、見た目はちゃんとしたケーキなのだ。

多少スポンジが固かったとしても、甘いクリームでごまかせているだろう。そう信じながら。

ちなみに、ここは厨房《ちゅうぼう》でもアルヴィエ男爵《だんしゃく》家の食堂でもない、ニネットの部屋だった。

二つの続き間のうち、寝室《しんしつ》は天蓋《てんがい》付きのベッドやドレッサーが多くを占《し》めていて、一方の居室には丸いテーブルと四つの椅子《いす》だけが置かれている。

窓辺にはクマやウサギのぬいぐるみが並び、十歳の女の子らしい雰囲気《ふんいき》だ。

ぬいぐるみなどの小物類はニネットの好みのものを置いているが、大型の家具類は全《すべ》てニネットの亡《な》き母が大切にしていた嫁入《よめい》り道具。それを、大切に使っている。

アルヴィエ男爵家での誰《だれ》かの誕生祝いは、食堂で行われるのが決まりだ。

けれど今日は違《ちが》う。

継母《ままはは》には秘密のパーティーなので、厨房で作っておいたケーキをこっそり運んだ。

固すぎる手応えに不安を覚えながら、ニネットは何とか二人分のケーキを切り分け、お皿にのせた。

二人は揃《そろ》って手を合わせる。

「「いただきまぁす！」」

ケーキにフォークを刺《さ》したものの、さっきナイフで切り分けたときと同じ不穏《ふおん》な手応えがあった。けれど、ニネットはぱくりとそれを口に運ぶ。同じように、ティルももぐっと口に入れる。

二人は、揃って固まった。

「「！？！？」」

案の定、ケーキはナイフを通じて感じた手応えそのままの食感だったのだ。

ニネットが初めて作ったケーキは、スポンジが固く、ボソボソだった。

クリームもべたっとしていて口の中で溶《と》けていかない。

おまけに、シロップの量を間違《まちが》えたようだ。

つまり、固くてボソボソでべたっとしているうえに、ありえないほど甘い。

驚《おどろ》くような食感と風味を併せ持つケーキとの出会いに、目を丸くしてぱちぱちと瞬《しばたた》くばかりのティルを見て、ニネットは申し訳なくてフォークを置いた。

「がんばったんだけど……ごめんね、気を使わずに残していいのよ」

（……去年とは大違《おおちが》いの誕生日ね。去年はお父様がいたから盛大にお祝いできたのだけど、今年はお仕事で遠くに行っている。そうなると、いつもは優《やさ》しいお継母《かあ》様の様子が変わって、私たちは屋敷《やしき》内を自由に歩けなくなるのよね。だからパーティーもこんなことに）

ため息をついているニネットの心中を知らないらしいティルは、無邪気《むじゃき》にイチゴにフォークを刺し、口いっぱいに頬張《ほおば》っている。

「でも、イチゴはおいしいよ。ほら」

もぐもぐと口を動かす様子は、まるで子リスのようだ。

誕生日ケーキとしてとんでもない失敗作を出されたのに、イチゴだけを無邪気に食べる様子は子どもらしくとてもかわいい。

自分が作り出したまずいケーキにがっかりしていたニネットだったが、自然と笑顔《えがお》になる。

「……イチゴはおいしくてよかった。今年は誕生日プレゼントはないけれど、代わりにお父様がお土産《みやげ》をたくさん買ってきてくれるはずだから！」

「別にほしいものもないしいいよ」

「何もないの？　本当に？」

「うん」

無心にイチゴだけを食べ続けるティルを見ながら、複雑な想《おも》いに包まれる。

（もしかして「この家の子じゃない」って遠慮《えんりょ》してるのかな。そんなことないのに。ティルは私たちにとって大切な家族に変わりないのに……！）

「ティル。ほしいものがあったら、何でも言っていいの。ここはあなたのお家で、お父様はあなたのお父様で、私はあなたのお姉さんなんだから」

「？　うん……？」

ニネットの勢いに押されてこくりと頷《うなず》いたものの、ティルはいまいち理解していない様子だ。少し考えてから、聞いてくる。

「……ニネットは誕生日プレゼントで何をねだるの？」

「私？」

「うん。何も思いつかないから」

どんなものを頼《たの》むのが普通《ふつう》なのか知りたくて聞いてきたのだろう。

けれど、実はニネットも物欲はそんなにあるほうではない。咄嗟《とっさ》には思いつかなくて、ティルと同じように首を傾《かし》げる事態になってしまった。

「そうねぇ。誕生日プレゼントはすぐには思いつかないけれど、いつか誰かにもらうプレゼントで楽しみなのは、指輪、かなぁ？」

「指輪って……結婚するときにするやつ？」

「そう。素敵《すてき》でしょう？」

ティルにとっては、ますます迷宮入りさせるヒントだったようだ。頭上に『？』を浮《う》かべたまま固まってしまった弟分を前に、ニネットはしまったと思った。

（ティルにはまだ早かったかな。まだ子どもだもんね）

そうして、十歳のお姉さんらしく微笑む。

「あ。口のここ、クリームがついてる。とってあげるね」

「ついてない。七歳はもう子どもじゃない」


——指がティルの口の端《はし》に届かなかったところで、目が覚めた。


豪華《ごうか》な客間の、大きなベッドの上にいるようだ。

上を見上げれば、天蓋。横を見ると、天蓋から下ろされた布で部屋の様子が見えない。

けれど、差し込む光の様子からは今が朝なのだと予想がつく。

むくりと起き上がって、こめかみを押さえた。

いつもなら、朝はすぐにベッドから出られるのに体が動かない。このベッドの居心地《いごこち》が良すぎるせいだろう。

(子どもの頃《ころ》の夢を見た気がする……)

そこで、はたと気がついた。

「私、ティルと婚約《こんやく》したんだったわ！」

ふかふかベッドの誘惑《ゆうわく》を振《ふ》り解いてベッドから降りると、ニネット付きらしい侍女《じじょ》が待ち構えていて、朝の支度《したく》を手伝ってくれた。

「次はこちらに足をお乗せくださいませ」

「ありがとう。でもさすがに靴《くつ》を履《は》くのは自分で」

「次は後ろを向いてくださいませ」

「……」

接し方は丁寧《ていねい》だが、ニネットと仲良く会話をする気はないようだ。

もしかして、『自分たちの主人を籠絡《ろうらく》しようとする悪女で恋愛《れんあい》マスター』だとでも思っているのだろうか。

『む。この人、ニネットと話す気ないのかなぁ』

「……（ニーヴ、あっち）」

ニーヴが不機嫌《ふきげん》になりかけたので、テーブルの上に置いておいた金平糖を指さしてそちらに意識を向ける。この部屋に嵐《あらし》が起きたら大変だ。

（でも……何の関係もない人たちは『恋愛マスター』だと面白《おもしろ》おかしく噂《うわさ》をして楽しむかもしれないけれど、実際に自分たちの家に迎《むか》え入れるとなったら別なのはわかるわ。この方々を納得《なっとく》させるためにも、仲睦《なかむつ》まじい婚約者《こんやくしゃ》のふりは有効ということね）

微妙《びみょう》な気持ちになりつつ湯浴《ゆあ》みを済ませて着替《きが》えを終えると、食堂に案内された。

庭園に面した食堂には、先にティルが来て席に着いていた。

広い食堂の重厚《じゅうこう》で大きなテーブルに、向かい合って二人分の朝食が準備されている。

食堂には給仕のために数人の使用人がいるのを見て、ニネットはかしこまった。

「ティルソン……様。おはようございます」

「おはよう」

十年前には毎日聞いていたはずの、懐《なつ》かしい言葉と響《ひび》きに思わず笑みが溢《あふ》れる。

昨日は戸惑《とまど》った末に不覚にもドキドキしてしまったものの、時間を経ても変わらないものもあることにほっとする。

(それから、昨日はあの後、教育係の方にベルリオーズ公爵《こうしやく》家のことを教わることになったのよね)

ベルリオーズ公爵家は特別な家だ。いざ嫁《とつ》ぐとなると、それなりの勉強をする必要があるようだった。

教育係の話によると、どうやら『精霊《せいれい》の愛し子《いと》』の役割は大きく分けて二つ。

一つめは、次の愛し子を産むこと。

愛し子は二～三割ほどの確率で愛し子を産む可能性があるのだという。

一般《いっぱん》的な割合から見るととんでもなく高い確率だが、出産に関してはうまくいかないこともある。

そういった事情もあり、公爵家は常に愛し子を探し続けている状態だということだった。

愛し子の判別は勉強を重ねた愛し子しかできない。

ニネットを見つけた老女は現時点でイスフェルク王国で確認《かくにん》されている唯一《ゆいいつ》の愛し子だったという。

王都で『恋愛マスター』として数々の逸話《いつわ》を持ち、公爵家に相応《ふさわ》しいとはいえないニネットを受け入れなければいけないのはそのせいのようだ。

二つめは、ベルリオーズ公爵家を守ること。愛し子は、存在だけでこの家を守り繁栄《はんえい》させる存在だといわれているらしい。

ただいてくれればそれでいい。そんなことを言われても、まったくときめかない。

遠い目をして講義を受け終えたニネットだったが、この教育は数年間にわたって続くと聞いてさらに逃《に》げ出したくなってしまった。

無事に契約結婚を終えるのと、愛し子の教育が終わること。一体どちらが早いのだろう。

(ティルも大変よね。こんなすごいお家《うち》の跡取《あとと》りだったなんて、背負うものが大きすぎる。せめて、伴侶《はんりょ》だけは家に押し付けられるのではなく素敵な人を選んでほしい。……だから、私の役目はティルが心から信頼《しんらい》して好きになる愛し子を探すこと！)

「私、頑張《がんば》るから！」

気合いを入れて顔を上げると、テーブルの上に並ぶ焼きたてのパンの向こうに、怪訝《けげん》そうなティルの顔が見えた。

「？　何を頑張るんだ？」

「いいえ、こちらの話です」

「俺たちは結婚《けっこん》するんだから、敬語は必要ない」

「……そう、ですか」

ティルの言葉に、見守っている使用人たちが揃《そろ》って目を泳がせた気配がある。

確かに、普段《ふだん》は『冷酷《れいこく》で気難しい』イメージの公爵閣下が今のように柔《やわ》らかい言葉遣《ことばづか》いと表情をしていたら、誰《だれ》だってびっくりするとは思う。

（私たちは仲がいい婚約者のふりをしないといけないいんだものね。そっか、それなら敬語は不要、ね……）

ニネットが戸惑いつつ納得しているうちに、ティルが次の言葉を投げかけてくる。

「これからはずっとこの生活になる。これがニネットの当たり前の日常になるんだ」

「……」

（何だか、ティルはとても楽しそうなような？）

少年だった頃から、ティルは喜びや楽しさといった感情が表に出るタイプではなかった。

冷酷な公爵様扱《あつか》いの今もそれは間違《まちが》いなくそうなのだが、その上で、滲《にじ》み出る感情が見える気がしてニネットは首を傾げた。

(こんなふうに楽しそうにしているティルを見るのも久しぶりね。そういえば、アルヴィエ男爵家《だんしゃくけ》の物置小屋で二人で暮らしていた頃、寝《ね》る前の合言葉があったな。『――いつか二人で暮らそう』っていうの)

現状、一応はその夢が叶《かな》ったことにはなる。

公爵家を継《つ》ぐ二人として契約結婚を結ぶことになるという、あの頃の自分たちにはどう考えても思いつかなかった未来にいるわけではあるけれど。

諸々《もろもろ》理解したニネットはこそこそと小声で告げる。

「少しでも馴染《なじ》めるように頑張るわ。なかなか慣れないかもしれないけれど」

「大丈夫《だいじょうぶ》。俺が慣れさせるから」

「!?」

あえて皆《みな》に聞こえないように小声で伝えたのに、ティルの声は普通《ふつう》に大きかった。しかも、笑顔《えがお》で親しげな言い方である。

しっかり聞いていたらしい使用人たちが「ひゃっ」と声を上げ、さらに動揺《どうよう》したのが伝わってくる。

あまりにも珍《めずら》しいことで狼狽《うろた》えているのか、今度は会話まで聞こえた。

「あの、どんなことにも表情を変えない旦那《だんな》様が」

「笑ったの初めて見たんだけど、別人みたいじゃない!?」

「ニネット様の方も親しげなのは気のせい？」

（皆驚《おどろ》いているわ……ティルは口は悪いけれど、素直《すなお》でいい子のはずだったのに？）

使用人たちの反応から察すると『愛し子としてやってきたニネットは、公爵家の主であるティルソンと意気投合。政略結婚に近いもののはずが、結果的に恋愛《れんあい》結婚になった』を演じるのがいいだろう。

（本当のことを話せたら楽なのだけれど、きょうだいのようにして育った私たちが結婚することに忌避《きひかん》感を持つ人がいるかもしれないし、私が洞窟《どうくつ》の中で八年過ごしたことを信じてもらうのが大変だもの。何より、守秘義務があるものね……）

そんなことを考えているうちに、いつの間にか朝食の時間は終わっていた。済んだ皿が下げられ、食後の紅茶が運ばれてくる。

「今日は二人で出かけないか？　行きたいところがあるんだ」

「ええ、もちろんいいけれど」

「……護衛の手配をしてくれるか」

ニネットが同意すると、ティルは執事《しつじ》に指示を出す。

公爵閣下の外出に護衛がつくのは当然のことだろうが、わざわざ準備をするというところに違和感《いわかん》を持った。

「馬車を手配するのはわかるけれど、護衛までそんなにたくさんつける必要があるの？」

「……ああ。後で詳《くわ》しく話すよ」

ニネットににこやかに答えた後、ティルは執事に向かって真剣《しんけん》な表情をした。

「今後も彼女が外出するときは必ず護衛をつけてほしい。一人ではなく数人だ」

「かしこまりました」

二人のやりとりを見つめながら、ニネットはニーヴと共に首を傾《かし》げる。

『一体何の話なんだろうね？』

(何だか意味深よね……？)


ティルの行きたいところというのは、ニネットがよく知っている場所だった。

馬車から降りたニネットは、つい昨日出てきたばかりのその建物を見上げて瞬《まばた》きをする。

「ここって、クレーティ商会よね？」

「ああ。いろいろ入り用だろう？　屋敷《やしき》に呼んでもよかったけど、ニネットと一緒《いっしょ》に外に出たくて。知らせを出しておいたから、商会主が対応してくれるはずだ」

久しぶりに再会したのだから、少しでも一緒に時間を過ごしたいのはニネットも同じことだ。

しかし対応してくれる商会主とはライモンドのことか。

しみじみと別れた昨日の今日だ。別に特別な感情はないが、気まずすぎる。そう思ったところで、馬車の周囲で待機する護衛たちが視界に入った。

「そうだわ、ティル。外出するときにはいつもあんなふうにたくさんの護衛をつけているの？」

「いや。実は、〝ニネット・アルヴィエ〟を捜《さが》すならず者の話を聞いたことがあるんだ。この王都ではまだ耳にしたことはないが」

「私を捜す誰かがいる、ってこと……？」

「確証はないけどな。ニネットにはニーヴがついているとはいえ、警戒《けいかい》するに越《こ》したことはない。絶対に一人では外出しないこと」

「わかったわ」

ティルのきっぱりとした口調に、どこかふわふわとしていた気持ちが引き締《し》まる。

（そういえば、クレーティ商会にお世話になる前、ライモンドにアルヴィエの名前を使わないほうがいいと言われたわ。商人のライモンドは国中を旅しているから、そのことを知っていたのかも）

話を聞いていたニーヴも不安げにしている。

『人間なんて、ぼくがその気になれば指一本で消せるんだけど、ちょっと面倒《めんどう》なことを聞いちゃったな』

「ニーヴ、怖《こわ》いこと言わないでくれる？」

「ニネットは俺ができる限り守るが、いつも一緒にいられるわけじゃない。ニーヴ、いざというときは頼《たよ》りにしてるから」

『まかせて！』

やる気を見せるニーヴはかわいいが、一方でほぼ同じようなことを言っているはずのティルにはちょっとドキドキしてしまう。

（本人はあの頃《ころ》と同じように振《ふ》る舞《ま》っているのかもしれないけれど……私のこの気持ちの違《ちが》いは何。いきなりティルがしっかりした大人になってしまったから、驚《おどろ》いて受け入れられないのかもしれない）

何だか複雑な気持ちになったところで、名前を呼ばれた。

「――ニネット!?」

意識を呼び戻《もど》すと、昨日別れを告げたばかりのライモンドが出迎《でむか》えのためにエントランスへ現れたところだった。

ニネットへ一直線に駆《か》け寄ってきたはずが、すぐにティルの存在に気がついて視線が切り替《か》わる。

「……と、これはベルリオーズ公爵《こうしやく》閣下」

「ティルソン・ベルリオーズだ。彼女の元雇用主《こようぬし》か」

「はい。ライモンド・クレーティです。ベルリオーズ公爵閣下、お目にかかれて光栄です。まさかお二人でいらっしゃるとは思いませんでした」

二人はにこやかに握手《あくしゅ》を交《か》わしているが、どことなく火花が散っているように見えるのは気のせいだろうか。

ティルもライモンドも、しっかり笑顔なのに目の奥が笑っていない気がする。

「ちょっと……ティル!?」

まさかの雰囲気《ふんいき》に驚き、慌《あわ》てて割って入ろうとしたニネットだったが、それを拒《こば》むようにしてティルが腕《うで》を差し出してきた。

これは中までエスコートするという意思表示だ。

ライモンドはライモンドで、ティルではなくニネットに視線を送ってくる。

「こちらです」

「ああ、案内感謝する」

当然、それにはティルが答えた。

ちなみに、サンクチュアリにいた頃はこうしてティルからエスコートを受けたことはない。エスコートが必要になるような場面はまずなかったし、何よりもニネットとティルでは身長が不釣《ふつ》り合いすぎた。

それを思えば、ティルの成長を感じるはずのこのエスコートだったが、ニネットはそれどころではない。

(何だか二人が険悪なのは……気のせい!?)

妙《みょう》な雰囲気の二人とともにやってきたのは、商会の中でも特別な顧客《こきゃく》だけが案内されるショールームだった。

「二年間働いていたけれど、ここに入るのは初めて」

「クレーティ商会とはもともと付き合いがあるが、俺も直接来たのは初めてだな。いつもは持って来させて家令に任せることが多い」

「そうよね。じゃなきゃ、もっと早く会えていたかもしれないもの」

吹《ふ》き抜《ぬ》けの高い天井《てんじょう》の下、ふかふかのソファに座り豪奢《ごうしゃ》な調度品に囲まれたニネットは思わず周囲を見回してしまう。

クレーティ商会でも、このショールームは特にベテランのスタッフだけが任される特別な場所だったからだ。

(ここにいらっしゃる顧客は貴族の方がほとんどだと聞いていたけれど……まさか自分がこちら側になるなんて?)

人生とは何があるかわからない、と心底実感する。

その例としては、生贄《いけにえ》になったはずがいきなり八年後の未来に放《ほう》り出されて、その後生き別れたティルと再会できた、というようなことが挙げられる。正直、もうこれ以上のサプライズは避《さ》けたい。

興味津々《しんしん》であちこちを見ているうちに、この前のお茶会でも出されていた人気の紅茶とアフタヌーンティーセットが運ばれてきた。

ケーキスタンドにはスコーンやクッキーなどのおなじみのお菓子《かし》のほか、二枚のスポンジケーキにバタークリームとベリージャムを挟《はさ》んだケーキがのっていた。ニネットは思わず声を上げる。

「あ。ヴィクトリアケーキだわ！」

「？　ニネット、これ好きだった？」

「ええ。ティルは食べたことある？　王都に来て知ったお菓子なのだけど、ジャムが甘酸っぱくてすごくおいしいの」

「へえ」

サンクチュアリにいた頃は知らなかったが、クレーティ商会がこのケーキを販売《はんばい》していることで出会ったお菓子で、ニネットはよくこれを好んで食べていた。

会話を聞いていたライモンドがにこやかに話しかけてくる。

「お気に召《め》してよかった。ニネット様がいらっしゃったのを確認《かくにん》して、急遽《きゅうきょ》メニューに加えさせたんです」

「……」

ニネットの隣《となり》にいるティルの空気が凍《こお》った気配がする。なぜなのか意味がわからないが、少なくともご機嫌《きげん》は斜《なな》めらしい。

明らかにそれをわかっているライモンドは、さらに追い打ちをかけるようにたくさんのドレスや宝飾品《ほうしょくひん》を運び込んでくる。

「先ほど、ベルリオーズ公爵閣下の来店の知らせをいただいてすぐに、彼女に似合いそうなものや、趣味《しゅみ》に合ったものを選びました。まだまだ準備してありますから、もしここにお気に召したものがなければすぐに持って来させます」

「……さすが元雇用主だな」

「雇用主でもありましたが、『親しい友人』でもあるんですよ」

「……」

必要以上に偉《えら》そうに応じたティルに、ライモンドが『親しい友人』を強調すると、ティルは黙《だま》ってしまった。

ニネットが好きなものを知り尽《つ》くしていて、この短時間でそれらを次々と持ってくるライモンドはさすが商人であり友人だ。

きっと、ライモンドはニネットのみならず、自分の顧客全員に対して同じ対応ができるのだろう。

けれど、ティルにはそれはわからない。いちいち引っかかって進まない会話に、なぜかニネットが焦《あせ》ることになる。

（きっと、ライモンドは私が無理に嫁《とつ》がされたことを知っているから、横暴な公爵家に対して敵意を持っているのね。だからこんなふうに挑発《ちょうはつ》するようなことを……！　でも、私も昨日まではそうだったけれど、実際には違った。誤解を解かないと……！）

ちらりとティルの表情を見てみると、黙り込んでいるにもかかわらず、意外なことに表情は笑顔だった。

ひとつ問題があるとすれば、その笑顔《えがお》は整ったルックスのせいもあり恐《おそ》ろしすぎるほどに完璧《かんぺき》で冷たくなっているという点だ。

ニネットはティルのこんな表情を見たことがない。

あまりにも大きすぎる違和《いわ》感《かん》にニネットは首を傾《かし》げる。

（さっきの挨拶《あいさつ》といい今のやりとりといい……この二人ってもしかして相性《あいしょう》悪い？　子どもの頃のティルは私に引き寄せられる男性から守ってくれたから、その名残《なごり》？　お互《たが》いに良い印象がないのはそのせいよね）

どちらにしても、誤解は早急に解いたほうがいいだろう。

まずはティルからだ。

「ティル。ライモンドにはすごくお世話になったの。いつか恩返しをしたいと思っている、大切な恩人で」

「クレーティ商会では住み込みで働いていたんだよな」

「ええ。サンクチュアリで困っていたところを救ってもらったの」

そこまで話したところで、ライモンドも話に入ってくる。

「彼女が故郷の町で途方《とほう》に暮れているところを拾ってから、ここまで目をかけてきたんです。正直、ベルリオーズ公爵家から求婚《きゅうこん》があったときには驚《おどろ》きましたよ」

「俺も、婚約者としてニネットがやってきたときには驚いたな」

「……随分《ずいぶん》と親しげですね。婚約されたばかりと伺《うかが》っておりますが」

また謎《なぞ》の意地の張り合いが続くのか、と思ったが、ティルよりは冷静なライモンドは話がいまいち嚙《か》み合っていないことに気がついたらしかった。

(事情を説明するチャンスだわ)

これ幸いとばかりに、ニネットは部屋を飛びまわってショールームを満喫《まんきつ》していたニーヴに合図を送る。

『おっけ～！』

すると、ニーヴは防音結界を張ってくれた。これで安心して話ができそうだ、と思ったニネットはライモンドに向き直る。

「実は、ずっと会いたいと言っていた『ティル』が『ティルソン・ベルリオーズ公爵《こうしゃく》』だったの」

「はっ？」

信じられないという表情のライモンドに、ニネットはひとつひとつ説明した。

サンクチュアリで生き別れた弟分の『ティル』は実は公爵家から養子に出されていた男の子だったということにはじまり、サンクチュアリが滅《ほろ》びたのとほぼ同時期に王都に呼び戻《もど》されていたということ。公爵家が探していた花嫁《はなよめ》に必要なとある条件に偶然《ぐうぜん》ニネットが一致《いっち》していて、今回の結婚が決まり、再会に至ったことまでの全《すべ》てを。

「ということで、私はあの『ティル』と婚約したの」

「……そんなことがあるのですね」

「どうりで見つからないわけよね。ティルとティルソン、名前が違《ちが》うんだもの」

感心するライモンドに頷《うなず》くと、ティルも同意する。

「俺の方もニネット・アルヴィエを捜《さが》していたし、しかもまさかほとんど変わらない姿で現れるとは思わなかった」

よかった。雰囲気《ふんいき》は和《なご》やかな方向に向かいそうだ。

これで一安心と思ったが、またライモンドの怪訝《けげん》そうな声が空気を引き戻す。

「しかしそれで……本当に結婚を？」

（確かに、ライモンドには「ティルは弟みたいな子だった」と話していたわ。そんな子と

本当に結婚するなんて言ったら、誰《だれ》だって驚くはず）

どうしたものか。

返答に迷っているところで部屋の扉《とびら》が開き、追加の商品が運び込まれてきた。

商品を展示するために設置されていたキャビネットに、帽子《ぼうし》や靴《くつ》のほか手鏡や髪飾《かみかざ》り、化粧品《けしょうひん》までたくさんのものが並べられていく。

商談に入ることを察したニーヴが防音結界を切ってくれた。

『ここで防音結界は切るね』

（ありがとう。助かったわ）

ライモンドの手前、こっそりお礼を言うと、仕切り直したようにもう一度困惑《こんわく》した声が聞こえた。

「しかし……それでいきなり結婚をするのでしょうか？」

相当に気になっているようである。

「……それは」

迷いつつ、ちらり、と部屋の端《はし》で待機している四人の使用人に目をやる。

今日はたくさんの買い物をしてそのまま持ち帰る予定だったらしく、護衛のほかに彼らが同行していた。

（ティルとは契約《けいやく》結婚だと説明したいけれど……ここでその話をするわけにはいかないわ。

だって、公爵家から同行した使用人たちが見ているんだもの）

ニーヴは防音結界を切ってしまったし、『契約結婚のことは口外しない』という約束を思い出したニネットは口をつぐむ。

すると、隣でじっと成り行きを見守っていたティルがおもむろにニネットの手を取った。

やっぱり、機嫌はなぜか悪い。そのまま、耳元で囁《ささや》いてくる。

「――俺との婚約は契約結婚に過ぎないことを説明したいけど、公爵家の人間が邪魔《じゃま》で話せない？」

「ティ……ティル？」

あまりにも至近距離《きょより》で告げられたので、驚いて心臓が跳《は》ねる。

思わずティルを見つめ返すと、彼はニネットだけに余裕《よゆう》を匂《にお》わせる笑みを見せた後、今度は張りのある低い声でライモンドに依頼《いらい》した。

「そうだ、俺たちは結婚する。だから、今日はこの美しい指にぴったりの指輪をオーダーしたいんだが」

「!?」

完全に聞いていない方向の話になってしまったし、ティルはニネットの手を離《はな》さない。

これはどういうことなのか。

（確かに、結婚式を挙げるのに指輪は必要だけれど）

「……ご事情は承知いたしました。ではサイズを測りましょう」

ライモンドの一声で、待機していた女性の従業員がリングスケールを持ってくる。この従業員はもちろんニネットも顔馴染《かおなじ》みで、商会でも特にベテランかつ優秀《ゆうしゅう》な人だ。

「お手を失礼します、ニネット様」

「あ……申し訳ありません……」

つい昨日まで、自分の先輩《せんぱい》にあたる存在だった人から恭《うやうや》しく扱《あつか》われることを申し訳なく思いつつ手を差し出すと、それをティルが遮《さえぎ》った。

「!? ティル、何を？」

「彼女に触《ふ》れていいのは俺だけだ」

「……っ!?」

一体どういうことなのか、誰か説明をしてほしい。

けれど、ニネットだけではなくリングスケールを持ってきてくれた従業員も、公爵家の使用人たちも、はてはライモンドまで呆気《あっけ》に取られているようだった。

目を瞬《しばたた》くしかできないニネットの耳元でティルが二人にしか聞こえないように話す。

「皆《みな》が見てる。俺に任せて」

「……」

（うっ……そうね。この結婚が契約結婚で白い結婚だなんて知られるわけにはいかないのよね。守秘義務もあるしティルにはまたたくさんの縁談《えんだん》が持ち込まれて、不自由になる……）

ティルの目的を察したニネットは何も言えない。これが契約結婚だと誰にも知られるわけにはいかないのだから。

「そのリングスケールは俺に」

「はっ……は、い……」

よくわからないが、ティルの醸《かも》し出す雰囲気がすごすぎる。

普段《ふだん》は真面目《まじめ》で、顧客《こきゃく》に関してキャーキャー騒《さわ》ぐことがないはずの先輩までもがティルの色気のようなものに翻弄《ほんろう》されていた。

ぽうっとしながらリングスケールを渡《わた》してくる姿を見て、ニネットも首がとれるほど頷きたい。

（わかります……ティルは狙《ねら》ってわざとやっているから仕方がないかもしれないけれど、たぶん、本人が思っている以上にこう……大人っぽすぎるというか！）

もちろん、大人っぽいという印象はニネットにティルの子どもの頃《ころ》のイメージしかないために出てくる言葉だ。

けれど、このティルには誰だって心を奪《うば》われてしまうと思う。

（これは、公爵家から同行した人間の手前、仲がいい婚約者のふりをしたいってことよね？　私の恋愛《れんあい》マスターという妙《みよう》な噂《うわさ》のせいで、元上司でプレイボーイと評判のライモンドと特別な関係にあると思われたら、後々面倒《めんどう》だから……！）

しかし、それにしても人前ではしたないのではないか。

これは普通《ふつう》ならば従業員の仕事だ。ニネットもクレーティ商会で働いていたとき、店頭で同じような業務についていた覚えはある。

そのとき、どんなに仲のいい幸せそうなカップルでも、一応は場所をわきまえて節度ある振《ふ》る舞《ま》いをしていたように思うのだ。

しかし、今のティルは泣く子も黙《だま》る公爵《こうしやく》様である。

冷酷《れいこく》と恐《おそ》れられるはずの彼は、なぜか婚約者《こんやくしや》役のニネットの手に大切そうに触れ、丁寧《ていねい》にサイズを測ってくれている。評判との温度差に風邪《かぜ》をひきそうだ。

（そういえば、お父様が不在だったティルの誕生日、結婚指輪について話したことがあった気がする）

誕生会を開いてもらえなくて、せめてとケーキを焼いたのは何年前のことだっただろう。

あれは、初めてだったこともあってわりとひどい出来だった。でも、イチゴをおいしいと頬張《ほおば》るティルの姿がかわいかった覚えがある。

確かあのときは、誕生日プレゼントにほしいものが思いつかないというティルとの会話の中で、自分は将来、結婚指輪をもらうのを楽しみにしていると話したのだ。

ニネットは両親の結婚指輪に憧《あこが》れて言ってみただけだったし、小さかったティルに至っては何の話なのか全くわかっていなかった。

(それがまさかこんなことになるなんて、わからないものだわ……)

ニネットは目の前のティルに意識を呼び戻《もど》した。

手をそっと支えてくれているティルの掌《てのひら》は自分のものよりずっと大きくて、骨張っている。

そして、そろそろサイズは決まったと思う。

手を離してくれてもいいのではないか。

(ティルの手の、指の付け根が固い。もしかしてまだ剣術《けんじゅつ》はやっているのかな。……ていうかさっきの『彼女に触れていいのは俺だけだ』なんて言葉、どこで覚えたの?)

十年前とのあまりの違《ちが》いに、困惑とは別のもやもやした感情が湧《わ》き上がってくる。『彼女に触れていいのは俺だけだ』を反芻《はんすう》した瞬間《しゅんかん》に、頬《ほお》が熱を持つのがわかった。

(こういうのは……正直勘弁《かんべん》してほしいな)

ニネットの様子に違和感《いわかん》を覚えたらしいティルが聞いてくる。

「さっきからずっと見てるけど、何かあった?」

「……何でもないわ」

「前にさ、誕生日。ニネットがほしいプレゼントの話をしたこと、覚えてる?」

「ええ。ボソボソでベタベタで甘ったるいケーキが並んだ誕生日のことでしょう?」

「そうだったかな。イチゴがおいしかったことは記憶《きおく》にあるんだけど」

どうやらイチゴがおいしかったことだけを覚えてくれているようだ。ありがたい。

しかし、もしニネットを気遣《きづか》って忘れたふりをしてくれているのだとしたらやめてほしい。こんな小声の会話ですら仲睦《なかむつ》まじい婚約者のふりをされてしまったら、ニネットはもうどんな顔をしていいのかわからなかった。

困惑《こんわく》するニネットをおいて、ティルは続ける。

「あのとき、ニネットはいつか結婚指輪をもらうのが楽しみだと答えただろう?」

「ええ」

「数年後の誕生日にそのことを思い出して、よく考えて、俺もほしいものが決まったんだ」

意味深な言い方にニネットが首を傾《かし》げると、ティルはニヤリと自信たっぷりに笑う。

「それは、今叶《かな》いそうだ」

(……今叶いそう?)

今日はニネットの身の回りの品を買いにきているはずだった。にもかかわらず、ティルのほしいものが手に入るとはどういうことなのだろうか。

(もしかして、その指輪を贈《おく》るのは自分でありたいとかそういう……? ううん、まさかそんなはずない。だって、あの話をしたときティルはまだ七歳だったし、弟だし)

これでは、姉なのに自意識過剰《かじょう》である。

けれど、ティルもティルだ。ニネットが勘違《かんちが》いしてしまってもおかしくないほどに、仲睦まじい婚約者のふりが本格的すぎる。

「では、サイズはこれを頼《たの》む」

やっとこの手から解放されると思いきや、そうではなかった。

ニネットの左手は手放されることなく、握《にぎ》られたままティルの膝《ひざ》の上に収まってしまったのだ。

(これはどういうこと……！)

手を離《はな》してほしいが、公爵家から同行した四人の使用人が心底信じられないという瞳《ひとみ》でこちらを見ている。ニネットだって信じられない。

しかしとにかく、もう少しこのお芝居《しばい》に付き合う必要がありそうなことだけは確かだ。

「かしこまりました。この後すぐにオーダーメイド用の伝票をお持ちします」

リングスケールを渡された従業員はハッと我に返り、一礼をして廊下《ろうか》へと出ていく。

一瞬《いっしゅん》で仕事に戻れたのはさすがだが、今日の夕方にはクレーティ商会じゅうにこのことが知れ渡ってしまうだろう。

(別にいいのだけれど……王都でまた私の『恋愛マスター』の噂が広がってしまうような)

しかも相手はあのベルリオーズ公爵なのだ。

諦《あきら》め半分で遠い目をしたところで、成り行きを見守っていたライモンドが投げやりに話しかけてくる。

「……随分《ずいぶん》と仲がよろしいことで。それで、式はいつでしょうか？　指輪だけでなく、結婚式にかかわるドレスやティアラもぜひ我が商会で手配させてください」

「半年の婚約期間を経て結婚する予定だ」

「なるほど。ベルリオーズ公爵家ですから、精霊契約《せいれいけいやく》を介《かい》したものに？」

（精霊契約の結婚式……？）

のぼせきっていた頭を冷ましつつ、ティルとライモンドの会話に首を傾げると、ソファの端《はし》っこで角砂糖をかじっていたニーヴが教えてくれる。

『精霊契約の結婚式は、精霊を介して行われる王都の伝統的な式のことだよ。立ち会った精霊が二人の人生を見守る分、国や立ち会い人との関係も深くなるから、申請《しんせい》しても断られることがあるんだよね』

（へえ、知らなかったわ）

ライモンドに聞こえないようこっそり相槌《あいづち》を打つと、ニーヴはさらに続ける。

『特に歴史ある貴族の結婚式に採用されることが多いんだけど、国に納める費用が高額になるし、費用ほどぼくたち精霊は働く気もなくて、ほぼ形ばかりになってしまってるっていうあまりコスパは良くない式』

引き受ける側の精霊が、とんでもない言い草である。

（ニーヴの言葉……えらい人が聞いていたら怒《おこ》りそう）

ティルは相変わらずニネットの手を握ったまま、上機嫌《じょうきげん》だ。

「ああ、もちろん精霊契約だ。うちで立ち会い人を務めながらの式になる」

「せ、精霊契約を介した結婚式……私はあまり馴染《なじ》みがないわ」

「確かに、ニネット様はそうでしょう」

ライモンドは微笑《ほほえ》んで、懐《ふところ》から一通の封書《ふうしょ》を取り出した。

真っ白い封筒《ふうとう》に、薄《うす》いピンクの封蠟《ふうろう》が押されている。一目で、お祝いごとの招待状なのだとわかる。

「これは、うちのライバル的な位置付けの商会から届いた招待状です。今度、ご息女が結婚式を挙げることになり、精霊契約を使って盛大な式にすると書いてあります。このように、精霊契約を介した結婚式は、同業者へのマウントに使えるほどのものなんですよ」

「なるほど……よくわかったわ」

おまけに、自分がその伝統的で珍《めずら》しい式を挙げないといけなくなりそうなことも。

契約結婚でその式をしても大丈夫《だいじょうぶ》なのか気になるところだが、ニーヴが怒ることなく角砂糖を齧《かじ》り続けていることを考えると問題ないのだろう。

一方、いつの間にかライモンドの手元の招待状を覗《のぞ》き込んでいたティルは、さっきまでの甘い空気はどうしたのかと突《つ》っ込みたくなるほどに険しい顔をしていた。

気になって聞いてみる。

「？　ティル、どうしたの？」

「いや。この結婚式への立ち会い申請はまだきていないが……見たところ名前が――」

そこには、エッダ・アンペール――ニネットが生贄《いけにえ》になるように仕組んだ義妹《ぎまい》と同じファーストネームが書かれていたのだった。

第六章 ✦ 暗雲

ベルリオーズ公爵家《こうしやく》から街へと向かう馬車の中。

この豪奢《ごうしゃ》な馬車に乗っているのは、ニネットとニーヴだけである。時間は昼。この後予約している観劇の時間に合わせての外出だった。

「あの件、ティルは気にしていたけれど、偶然《ぐうぜん》のような気がするのよね」

『ニネットは変なところで楽観的だよねえ。ベルリオーズ公爵との婚姻《こんいん》だって、一度死んだようなものだとか言ってあっさり受け入れちゃうし』

「だって、エッダという名前はこの国でとても一般《いっぱん》的なものなのよ？　サンクチュアリと王都は遠く離れているし……エッダ・アンペールさんがかつてのエッダ・アルヴィエだという可能性は低いと思うの」

ニネットとニーヴが話しているのは、今朝、国から立ち会い申請があったという『エッダ・アンペール』の結婚式についてだった。

それは先日、クレーティ商会のショールームでも見た名前だったのだが、自分たちを陥《おとしい》れて追い出した義妹と同じ名前だったことがどうしてもティルは引っかかるようだった。

（今日の観劇は、もともとティルと一緒《いっしょ》に行くはずだったのだけれど）

ティルはその結婚式の詳細《しょうさい》を調べることになり、ニネットはニーヴと二人で出かけることになってしまったのだった。

『そういえば、このアンペール商会ってライモンドも嫌《きら》いみたいだったね。なんか変な噂《うわさ》があるって』

「ええ。私もクレーティ商会で働いていたとき、きな臭《くさ》い噂を聞いたことがあるわ。精霊を利用して商会を潤《うるお》わせているっていう」

『えぇっ？　それ、本当なら重罪だよ？　まぁ、従う精霊も精霊だけどさぁ』

「憶測《おくそく》で怒らないの。はい、金平糖」

『おいひい』

頬《ほお》を膨《ふく》らませるニーヴの口に金平糖を入れてあげると、ニーヴはすぐにご機嫌《きげん》になった。

馬車の窓からは王都の街の風景が見える。もうすぐ劇場に到着《とうちゃく》するようで、賑《にぎ》やかさが増していく。けれど、ニネットの心はどこか重かった。

（ティルは、いまだにサンクチュアリのアルヴィエ男爵《だんしゃく》家を乗っ取った二人を憎《にく》んでいることがわかってしまったから）

もちろん、ニネットだって憎んではいる。

けれど、十年間経った今でも憎しみが消えないティルの心に残っている傷は、如何《いか》ほどのものなのか。それを思うと胸がじくじくと痛んだ。

「……でももし、依頼《いらい》があったのが本当にエッダの結婚式《けっこんしき》だったとして、ティルは引き受けるつもりなのかしら」

『うーん。ティルなら、結婚式に立ち会うと見せかけてほかの精霊契約を持ち出す、ぐらいはしそうだけど。精霊契約って本当にいろんな種類があるんだよねぇ。大聖堂で行うものを挙げただけでも、「結婚式」のほかに「裁定」とかいろいろあるし』

「『裁定』？　まだ愛《いと》し子の教育でも聞いたことがないわ」

『懺悔《ざんげ》を精霊が判断する、みたいなものかな。結婚式で幸せを保証しても何にもならないけど、裁定は結構コスパがいいからぼくたちも頑張《がんば》るんだ。ごほうびに高級砂糖がもらえたりするの』

「へえ……」

あまりにも精霊が現金すぎて、乾《かわ》いた笑いが出た。

その現金な精霊は窓の外を視界に映すと一瞬で気持ちを入れ替《か》え、お出かけにはしゃいでいる。

『さぁ、ニネット、元気出して？　王都での観劇なんて初めてでわくわくしない⁉』

「ええ、そうね。私も楽しみ」

これから訪問するのは、イスフェルク王国で最も古く歴史ある劇場だ。チケットは滅多《めった》に手に入らず、特別なプラチナ・チケットと呼ばれている。

クレーティ商会でも入ってくる数が少ないため得意客にしか紹介《しょうかい》できないし、あとはベルリオーズ公爵家のような地位の高い家に持ち込まれるだけだった。

せっかくのプラチナ・チケットを無駄《むだ》にはできない。とはいえ、空席が判明したのが当日の朝では友人を誘《さそ》うことも難しい。

ということで、ニネットはニーヴとの二人でのお出かけを存分に楽しむつもりでいる。

『ぼく、ニネットの肩《かた》のうえで観劇するつもりだったんだけど、ティルが座るはずだった席に座っていいってほんと？』

「ええ、もちろんよ。幕間《まくあい》には一緒にショコラを楽しみましょうね」

『わーい！　ショコラ！』

ベルリオーズ公爵家が擁《よう》する精霊の愛し子と契約《けいやく》する高位精霊がこんなに喜んでいるのだ。ティルも留守番になって本望《ほんもう》だとは思う。

(普段《ふだん》、ティルが私の外出には数人の護衛をつけようとするから、いちいち大掛《おおが》かりになってしまって外出しづらいのよね。急にとりやめるのは予定を空けてくださっていた護衛の皆《みな》さんに悪いし、今日はもう久しぶりの街を楽しもう)

目的地に着いたので、ニネットは馬車から降りた。

雲ひとつないいいお天気で、外は眩《まぶ》しい。

劇場が開くまではまだ時間がある。今日は休日で、劇場前の広場にはたくさんの出店が出ていて大賑《おおにぎ》わいだった。

『わーイチゴ飴《あめ》がある！　ニネット、買ってくれる？』

「またイチゴでいいの？　ほかのフルーツもあるみたいだけど」

『ニネットー！　ニネットー！　風船！』

「ニーヴ……その風船買ってあげてもいいけど、飛んでっちゃわない？」

『うわっ！　ちっちゃい汽車がある！　子どもが乗る用のやつ！　ニネット、一緒に乗ろうよ！』

「座席がすごく小さいわ!?　の、乗れるかな……」

『！』

はしゃぎながら広場を見て回っていると、突然《とつぜん》ニーヴが目を見開いた。

王城での建国祭のときと同じような反応に、ニネットは警戒《けいかい》する。

「ニーヴ？」

『あっち……誰《だれ》かいる』

ニーヴが見ている方向には、広場中央の大きな噴水《ふんすい》があってたくさんの人々がいた。

噴水の縁《へり》に座って語らう人々や、近くのベンチで昼寝《ひるね》をする人々。

出店で買ったばかりのおもちゃで遊ぶ子どもたち。

その真ん中をニーヴはぼうっと見つめている。

『向こうから……誰か来るよ』

「誰かって、誰？」

『わからない。でも。サンクチュアリにいた精霊《せいれい》の気配がする。あの場所で主人を待っていたぼくは会ったことがないけど、確かにサンクチュアリで生まれた精霊だ』

「サンクチュアリで生まれた精霊の気配、って――」

首を傾《かし》げたところで、覚えのある声が響《ひび》く。


「サンデル様！　舞台《ぶたい》の前に向こうの出店も見てみませんか？」


ベルリオーズ公爵家の書斎《しょさい》でティルの声を初めて聞いたときと似たような感覚に、ニネットは動けなかった。

（これは……）

確かに聞いたことがある声。

記憶《きおく》の中のものはもっとあどけなく幼いけれど、この話し方は確かに彼女のものだ。

人混みの中から現れたのは、紛《まぎ》れもなくエッダだった。

ココア色の髪《かみ》をハーフアップにし、淡《あわ》い桃色《ももいろ》のワンピースを着て、手には花束を抱《かか》えていた。

合わせた靴《くつ》やアクセサリーなどの小物は洗練されていて、二年の間商会勤めをしていたニネットには、エッダが今も恵《めぐ》まれた暮らしをしているのだと一目でわかる。

アメジストのような透《す》き通ったまんまるの目で表情をくるくると変える様は、あの頃《ころ》のようで愛らしい。

可憐《かれん》でかわいらしくて、アルヴィエ男爵家の使用人だけでなくサンクチュアリの町の人々を一身に惹《ひ》きつけていたエッダそのままの姿。

そして、肩のうえには蝶《ちょう》の形をした精霊が留まっている。

あの頃のニネットには見えなかったが、エッダが使役《しえき》する精霊はこんな姿をしていたのか、と思う。

(まさか……本当に王都にいたなんて)

隣《となり》には育ちの良さそうな男性がいて、二人は腕《うで》を組んでいた。にこやかにはしゃぎ合いながら、休日を楽しんでいる。

この距離《きょり》感《かん》はきっと婚約者《こんやくしゃ》なのだろう。

加えて、今日の舞台のチケットは極《きわ》めて手に入りにくい、プラチナ・チケットだ。それを入手する財力と人脈。精霊契約を使った結婚式。

それらを考えると、今朝ベルリオーズ公爵家《こうしゃくけ》に届いた結婚式への立ち会い申請《しんせい》は間違《まちが》いなく『エッダのもの』なのだと察する。

『ニネット？　ニネット、どうしたの？』

呆然《ぼうぜん》と立ち尽《つ》くすニネットのことを気にして、ティルがぱちぱちと頬《ほお》を叩《たた》いてくる。

ニネットはやっとのことで声を絞《しぼ》り出した。

「ニーヴ……あれが、エッダなの」

『エッダ、って……今ティルが調べてる？』

「そう」

『ニネットとティルからアルヴィエ男爵家を奪《うば》って、そのうえ嘘《うそ》のお告げをしてニネットを生贄《いけにえ》にさせつつ、実際には悪い人たちに売り飛ばそうとしたとんでもない親子の子どもの方？』

「……そう」

一連の流れを言葉で説明すると、あんまりではないだろうか。けれど、ニネットには突《つ》っ込む気力はない。

洞窟《どうくつ》の中で、信じていた義妹《ぎまい》の裏切りを知った日のあの絶望が、今にも全身を足元から飲み込むようだった。

（私からお父様を奪って、家とお母様の形見を奪って、未来をも奪おうとした。どうしてあんなことをされないといけなかったんだろう。私とティルは、ただ普通《ふつう》に幸せな人生を送りたいだけだったのに。お継母《かあ》様とエッダの踏《ふ》み台になる必要はあった……？）

怒《いか》りに飲み込まれそうになったところで、パチンと何かが頬にあたったことに気がつく。

なんだろう、と頬を触《さわ》った指に血がついた。

頬にあたった何かで血が出たのだ。

と同時に、地面の砂や小石がパチパチと音を立てて巻き上がりかけているのが見えた。

（これは……ニーヴ！）

顔を上げると、ニーヴがとんでもない怒りの感情に包まれているのがわかった。あの洞窟を崩《くず》そうとしたときのような雰囲気《ふんいき》に、ニネットは慌《あわ》てる。

（大変だわ！　こんなに人がたくさんいるところでニーヴが力を解放したら、大変なことになる）

「ニーヴ、落ち着いて！　私は大丈夫《だいじょうぶ》だから。これ以上ニーヴが魔法《まほう》を強めると、サンクチュアリが滅《ほろ》びたのと同じような災害になってしまうわ」

『でもぼくはあのエッダって女を許せないよ。エッダに協力したあの精霊も嫌《きら》いだ。サンクチュアリが滅びるほどの大混乱だったのに、エッダを守り切ったのも許せない』

広場には小石が飛び、突風《とっぷう》が吹《ふ》いている。人々も何か様子がおかしいと勘《かん》づいたようで、建物の中に避難《ひなん》していく姿が見える。

「竜巻《たつまき》でも起きるのか？　急に天気が悪くなったな」

「とにかく、荷物を片付けて屋内に行こう」

「お願い待って！　子どもを先に連れて行って！」

（いけないわ。このままでは、本当に大変なことになる）

皆《みな》が混乱し始めたのを見て、ニネットは金平糖を取り出した。

「ニーヴ。これ食べて。大好物の金平糖」

『嫌《いや》だ。ぼくは金平糖よりもニネットの方が好きだもん。あのエッダに復讐《ふくしゅう》したい』

「お願い。私もエッダのことは憎《にく》いけど、街の人々の平穏《へいおん》を壊《こわ》したくないの。故郷が跡形《あとかた》もなく消え去って泣き崩れる人たちなんて、絶対に見たくない。だからお願い」

『……』

「ねえ、ニーヴ！」

ニネットの必死の訴《うった》えに、ニーヴは絆《ほだ》されたようだった。

突風が止《や》んで、パチパチと飛んでいた小石が地面に落ちる。

ニーヴはしぶしぶ金平糖を受け取ると、それを抱《だ》きしめて涙《なみだ》をこぼす。

『どうしてニネットは自分のために怒《おこ》らないんだよぉ……ぼくは、ニネットをそんなふうにしたサンクチュアリの人たちが大っ嫌いだ……！』

（ニーヴ……）

ぽつり、と天から雫《しずく》が落ちてきた。

それはすぐに土砂降りの雨に変わる。

ザアアアアという音に包まれながら、ニネットはニーヴの頭を撫《な》でた。

「ニーヴ。私が自分のことであまり怒らないのはね、悪女扱《あつか》いされて生贄になって、一度人生を諦《あきら》めたからではないのよ」

『じゃぁなんで〜〜〜』

ぐすり、と涙を拭《ふ》くニーヴに、ニネットは微笑《ほほえ》む。

「サンクチュアリにいた頃はティルが、王都に来てからはニーヴが、最近では二人ともが、私の代わりに怒ってくれるから。この前はライモンドも怒ってくれたなぁ」

『ニネット……』

「代わりに怒ってくれる人がいるから、私はここまで生きてこられたの」

ニネットはニーヴを抱きしめる。

「ふふっ、すっかり濡《ぬ》れちゃった。どこで雨宿りしましょうか？　ニーヴ、魔法で服を乾《かわ》かしてくれる？」

『うん。びしょびしょにしちゃってごめんね……』

急激な悪天候を受けて、劇場は予定時刻よりも早く開放されることになったようだった。

劇場の入り口は、チケットを持っていない、雨宿りのために集まった人たちでごった返している。

（こんなに混んじゃった……今日は帰った方がいいかな）

人混みの中にいて、急に心細くなる。もちろん、ニネットにはニーヴがついているし、ティルがつけてくれた護衛たちも適切な距離《きょり》を置いて見守ってくれている。

心もとない気分になった理由はわかっていた。

（私が心細いのは、さっきエッダを見たからだと思う）

もしこの人混みの中にエッダもいてうっかり出会《でくわ》してしまったら、どうしたらいいのだろうか。

不安そうなニネットを見て、ニーヴが心配してくれる。

『ニネット、寒い？』

（ニーヴのおかげで暖かいわ。ありがとう）

ちなみに今、劇場のロビーの壁《かべ》に張り付いているニネットの周りにだけ、暖かい風が吹いている。

ニーヴが服を乾かすために温風を出してくれているからだ。

温風は雨で濡れた体に心地《ここち》いい。そして、意外と早く服は乾きそうである。よかった。

「なんかこの辺だけ暖かい風が吹いてない？」

「どこ？」

「こっちこっち。服が乾きそう」

寒い季節ではないため、劇場内に暖房《だんぼう》は作動していなかった。それだけに、みんながニネットの周囲に寄ってくる。

『もう少し、風の範囲《はんい》を広げようかなぁ』

（ええ。皆の服も乾かしてあげて）

ニーヴとこそこそ話をしていると、誰《だれ》かと勢いよく肩《かた》がぶつかってしまう。

「！　申し訳――」

ニネットと、ぶつかった相手は同時に謝って顔を上げた。

視界に映ったのは、ココア色の髪《かみ》にアメジストの瞳《ひとみ》が美しく、かわいらしい印象の令《れい》嬢《じょう》である。

さっき姿を確認《かくにん》したものの、ニーヴが天変地異を起こしかけたせいで見失ってしまった、エッダだった。

「……あっ、あなた……!?」

エッダはニネットを二度見した後固まり、驚愕《きょうがく》の表情でこちらを凝視《ぎょうし》している。

(そうよね。私はさっきエッダの姿を確認していたから覚悟《かくご》ができたけれど、エッダはそうじゃないんだもの。それに、洞窟《どうくつ》を訪《おとず》れた男たちの会話から、私を売り飛ばすことに失敗したのは伝わっているだろうけれど、私はあの災害で死んだと思っていたのだろうし)

その証拠《しょうこ》に、エッダはまさに死人に出会ったような目で顔を引き攣《つ》らせている。

せっかくの愛らしい顔立ちが台無しだった。

「エッダよね……?」

心を落ち着かせて問いかけると、がくがくと震《ふる》えていたエッダの瞳に光が戻《もど》る。

「……ぅわぁ……ニネットぉ!」

がばり。

劇場のロビーで、勢いよく抱《だ》きつかれてしまった。

そうして、ニネットの首元に顔を埋《うず》め、大声で泣き始める。

「……っく。会いたかった……っ! ニネット……!」

思わずぎょっとしてしまったが、絆されることはなさそうだ。この状況《じょうきょう》を一歩引いて、冷静に観察できそうな自分に自分で驚《おどろ》いてしまう。

(こんなところが、あの頃《ころ》と変わってない)

いつも優《やさ》しくて、誰にでも愛されて、泣き虫で健気《けなげ》なエッダ。

継母に虐《しいた》げられていたニネットとティルをいつも助けてくれていたエッダ。

あの頃の記憶《きおく》が蘇《よみがえ》ったものの、どうしてもエッダの背中を撫でる気にはならない。

（私はあの日の真相が知りたい。エッダはどこまで知っていたのかを。もし全部お継母様《かあさま》の手引きで、エッダが断れない状況にあったのだとしたら仕方ないとは思う。それなら、エッダは私と同じ被害者《ひがいしゃ》だもの）

この期《ご》に及《およ》んでまだエッダを庇《かば》いたいわけではない。

切り捨てるのに十分な確証がほしいだけだった。

懐《なつ》かしさと困惑《こんわく》と怒《いか》り。言葉では表しきれない感情に呑《の》まれて立ち尽《つ》くすニネットだったが、エッダの背後で驚いている男がいるのに気がついた。

さっき、外でエッダをエスコートしていた品のいい青年である。

「エッダ嬢《じょう》？　急にどうしたんですか？　……すみません、何が何だか」

「いえ、彼女は私の――」

泣きじゃくっていて何も話せないように思えるエッダの代わりに口を開いたニネットだったが、すぐに遮《さえぎ》られた。

「サンデル様。彼女はね、私がサンクチュアリの男爵令嬢だったころ、うちで働いてくれていた召使いなの」

「……！」

スラスラと出た言葉に驚きを隠《かく》せない。

そんなニネットの様子に気づいていないのか、エッダは淀《よど》みなく続ける。

「サンクチュアリがあんなことになって、私……ニネットとはあの災害で離《はな》れ離《ばな》れになってしまったから、もう会えないと思ってた……っく」

『この女今なんて言った？』

ニネットよりも早くニーヴが反応した。けれど、ニネットはそれをすぐに視線で制する。

またさっきのようなことになったら大変だからだ。

抱きついているエッダの腕《うで》を剝《は》がしながら、ニネットは冷静に告げる。

「エッダ……私のこと、そんなふうに思っていたのね」

「？　えっと……私が男爵令嬢《だんしやく》だったのも、ニネットが召使いだったのも、本当のことでしょう？」

首を傾《かし》げ、微笑んで見せるエッダの濡れたまつ毛が、劇場の照明を反射してキラキラと輝《かがや》いている。

その姿は、あの日『お告げ』を受けたと泣きじゃくるエッダの姿と重なって見えた。

あの日は完全にエッダに絆《ほだ》され、まんまと騙《だま》されてしまったが今日は違《ちが》う。

「本当のこと……確かにそうね。でも、私とティルはアルヴィエ男爵家の――」

そこまで口にしたところで、異変が起きた。

誰かに強く腕を引っ張られたのだ。

その誰かとは、エッダの同行者だった。

くすんだ金髪《きんぱつ》に翡翠《ひすい》の瞳。身長は大人になったティルより少し低いくらいだろうか。

突然《とつぜん》ニネットの腕を摑《つか》んだ男は、こちらの都合はお構いなしとでもいうように、据《す》わった目で話しかけてくる。

「あなたはニネット嬢とおっしゃるのですね。僕はサンデル・プリチャード。王都に拠点《きょてん》を構える男爵家の跡取《あとと》りです」

(この人……)

面倒《めんどう》の予感に、ニネットは警戒感《けいかいかん》を強める。

今、ニーヴはニネットにぼんやりと見える目眩《めくらま》しの魔法《まほう》をかけていない。

だから体質で異性を引き寄せてしまうことがあるので注意しないといけないのだが、そもそもニネットの『異性を引き寄せる体質』とは一瞬《いっしゅん》で人を虜《とりこ》にするようなものではない。何度も会い、数時間を一緒《いっしょ》に過ごすことでじわじわと相手を惹《ひ》きつけていく性質のものだ。

けれど稀《まれ》に、出会った瞬間に言い寄ってくる人間もいる。

そういう男は、全然空気を読んでくれることがない。自分に配偶者《はいぐうしゃ》や婚約者《こんやくしゃ》、恋人《こいびと》がいても勝手に別れてニネットのところにやってくるのだ。

(私の『悪女』の評判が高まってしまったのは、このタイプの方々のせい……)

うんざりしかけたところで、危機感を覚えたらしいエッダが話に割り込んでくる。

「サンデル様。女性の手に触《ふ》れてはいけませんわ」

「だが……なんて美しい。エッダにこんなに魅力《みりょく》的な友人がいたなんて信じられないよ」

「やだぁ、サンデル様ったらなんて面白《おもしろ》いことを。私たち、結婚《けっこん》するんですよね？」

顔を引き攣らせたエッダは、男の腕にぎゅっとしがみつく。

けれど、サンデルと名乗った男は全く取り合わない。焦点《しょうてん》の合わない瞳でニネットを見つめてくる。

「……もちろんエッダが一番だよ。しかし、こんなに素敵《すてき》な人を前にしたら、心が揺《ゆ》らがないのは無理な話で……」

「サンデル様、なにをおっしゃるんですか!?　……もう、今日は帰りましょう。観劇の気分ではなくなりましたわ！」

エッダはそう言いながら、ニネットの方を睨《にら》んでくる。

「ニネットが生きていたことは本当にうれしいわ。でも、こんなふうに私の婚約者に手を出すなんて……。男爵令嬢と召使いの立場の違いで何か恨《うら》みがあったのかもしれないけれど、ひどいと思う……」

まさかこんなことを言われるとは夢にも思っていなかったニネットは、目を瞬《しばたた》くばかりだ。反論をしたかったのに言葉にならない。

（だって……こんな斜《なな》め上のことを言われるなんて予想外すぎない……？）

呆然《ぼうぜん》とするニネットを置いて、エッダとサンデルは帰って行った。

その後ろ姿を見送りながら、ニーヴがへへっと笑う。

『怒《おこ》ろうと思ったんだけど、びっくりして怒るタイミング逃《のが》しちゃった。何か、あの二人すぐに別れちゃいそうじゃない？　ティルが結婚式に立ち会うまで持つのかな？』

「確かに……否定はできないわ……」

そんなことを話していると、目の前にひらひらと青い光が現れた。

よく見るとそれは蝶《ちょう》で、エッダが連れていた中位精霊《せいれい》だった。

エッダの精霊はニネットの周りをくるくると飛ぶと、たどたどしく話す。

『ニネ、ット。サンク、チュアリ、の、かおりが、する』

ニーヴが流暢《りゅうちょう》に言葉を話すのは高位精霊だからだ。普通《ふつう》の精霊たちは人間と契約《けいやく》をして意思疎通《そつう》はできるものの、話せない。

エッダの精霊は中位精霊のため、片言で話すことができるのだろう。

「この子、私がサンクチュアリの香《かお》りがするって」

『それはそうだよ。だって、サンクチュアリのアルヴィエ男爵家の血筋だもん。ぼくたち精霊が大好きな匂《にお》いだよ』

エッダの精霊は、今度はニーヴの周りをぐるりと回る。

『まもって、る？』

『うん。ニネットのことはぼくが守ってるから大丈夫《だいじょうぶ》。それよりも、キミはあの主人と早く離れた方がいいと思うけど。キミまで皆《みな》に嫌《きら》われるよ。現にぼくはキミが嫌いだし』

『やくそく、した。さいしょに、せいれい、に、あう、だいじなことも、まもる』

（最初に、精霊に、会う、大事な子ども、を……守る……？）

言葉を組み立てて理解している間に、エッダの精霊は高く飛び上がるとエッダたちを追いかけて消えてしまったのだった。

観劇を終え、無事に屋敷《やしき》へと帰ったニネットを待っていたのは、狼狽《うろた》えるティルの姿だった。

屋敷のエントランス、螺旋《らせん》階段から降りながらニネットを見つけたティルは、血相を変えて駆《か》け降りてくる。

「ニネット。頬《ほお》のここ、どうしたんだ？」

「あ。これはちょっとニーヴが暴走しちゃって」

『ごめんなさい』

しおしおと謝ったニーヴを見ても、ティルの追及《ついきゅう》の手は緩《ゆる》まない。

「ニーヴが暴走したってことは、ニネットの身に何か危険が迫《せま》ったってことじゃないのか？　何があった？」

別に隠《かく》す気はなかったのだが、これは言うしかないだろう。

「……実は、エッダに会ったの」

「何だって」

「劇場で再会して……エッダは婚約者の方と一緒みたいだった。自分はアルヴィエ男爵家の令嬢《れいじょう》で、私はエッダに仕えていた召使《めしつか》いだと言って……そしてニーヴが怒って、こんなことになっ……ティル!?」

言い終える前になぜか抱《だ》きしめられてしまった。

「やっぱり、一人で行かせるべきじゃなかった。ごめん」

ここはベルリオーズ公爵家のエントランスだ。当たり前に数人の使用人がいて、こちらを目を見開いて見ている。これは誤解だ。

いや、仲がいい婚約者同士を演じないといけない公爵家での振《ふ》る舞《ま》いとしては誤解ではないのだが、誤解だと言いたい。

ティルには早急にこの腕から放してほしかった。

ただ、顔に小さな傷を作って帰ってきただけでこんなことになるなんて思ってもみなかったニネットは、目を瞬くばかり。

ニネットが誰《だれ》かに怪我《けが》をさせられたとなると、子どもの頃《ころ》のティルなら相手に飛びかかっていく場面だ。

今回は飛びかかる相手がいないから、その代わりにニネットを抱きしめているということなのだろうか。ますます意味がわからなかった。

ニネットを抱きしめたまま、ティルは今日調べてわかったらしいことを教えてくれる。

「こっちも調べたんだが、やはりエッダ・アンペールはエッダ・アルヴィエと同一人物だ。あのクソババアも王都にいる。アルヴィエ男爵《だんしやく》家とのつながりを利用してアンペール商会の経営者と再婚《さいこん》し、エッダを男爵家の跡継《あとつ》ぎのところに嫁《とつ》がせるつもりらしい」

「わかったわ。でもまず放してくれる？」

「もう少しここに」

「!?　じゅ、十分だから放して……!?」

「……わかった。それなら、まずは傷の手当てを」

ティルの言葉を聞いて、ニネットの世話を担当している侍女《じじょ》が進み出る。

「では私が」

「いや、俺がやる」

「「えっ？」」

数日前の朝、一方通行のやりとりをした侍女とニネットは同じ気持ちで顔を見合わせたのだった。

ティルによって応接室のソファに座らされたニネットは、頬の傷をじっくり見られていた。

医師以外でこんなにじっくり傷を見ることってあるのだろうか。

「ねえ、ティル？　薬を塗《ぬ》ってガーゼを貼《は》るだけでしょう？　すぐに済ませましょう」

なぜならば、視線が痛いのだ。この広い部屋の隅《すみ》に控《ひか》えている侍女の視線が。

この調子だと、まもなく仲睦《なかむつ》まじい婚約者《こんやくしゃ》のふりが始まることになるのだと思う。

「ニネットの美しい顔に傷をつけるなんて。あの女、絶対に許さない」

ほら始まった。

「……ティル、笑っちゃうからやめてくれる？」

「俺は本気だけど」

「そんなわけない」

この部屋は広いし、侍女もニネットたちに気を遣《つか》って十分に離《はな》れた場所で控えてくれている。

小声で話せば、ニーヴの防音結界を使わなくても二人の会話は聞こえないのだ。

（それに、いつもこんな風にされたら、調子がおかしくなっちゃう）

あまりにも白々しく思える言葉に頬を膨《ふく》らませたニネットと、一歩も引き下がらないティルが喧嘩《けんか》でもしていると思ったのか、ニーヴが小さくなって謝ってくる。

『わああ。その傷をつけたのはぼくだから、ごめんね』

「ニーヴのせいじゃないわ。でも、次は怒る前に金平糖を食べてね？　好きなものを食べたら、もう少し怒《いか》りがマイルドになるかもしれないし」

『わかったぁ』

ニーヴの頭を撫《な》でているうちに、ティルは軟膏《なんこう》が入った瓶《びん》の蓋《ふた》を開けた。それを指に取り、ニネットの頬に塗ってくれる。

「……痛い？」

「ううん。全然大丈夫」

そう答えたところで、ティルの顔がとんでもなく近くにあることに気がついた。

本人は薬を塗ることに集中しているのに加えて、会話が使用人に聞こえないようにしているためか、息がかかりそうなほど顔が近い。

（いくら仲睦まじい婚約者同士を演じないといけないからって、ティルは距離《きょり》が近すぎるのよ。子どもの頃のイメージが強すぎて、戸《と》惑《まど》ってしまう）

ティルの指がニネットの頬をするすると撫でていく。

十年前とは違《ちが》う、すっかり大人の男の人になった姿にドキドキする。何となく呼吸が整わないし、沈黙《ちんもく》が気まずい。

「……そういえば、あの頃もこんなことあったわね。ティルが体術とか剣術《けんじゅつ》の授業でよく傷を作って帰ってきて、こうやって薬を塗ってあげたのが懐《なつ》かしいな」

「そんなこともあったかな」

「不思議だったんだけど、ティルはどうしてあの頃あんなに頑張《がんば》ってたの？」

自分より三歳も年下のティルが、文句の一つも言わずに勉強三昧《ざんまい》のハードな毎日を過ごしていたことを思い出す。

あまりにも真剣だったので、当時はその理由を聞けなかった。

今、なんとなく聞いてみると、ティルは口の端《はし》をわずかに上げて笑い、目を逸《そ》らした。

「……こういう生活を手にするためだよ」

「いつか、ベルリオーズ公爵家に戻《もど》るつもりだったっていうこと……？」

「違うけど」

「じゃあ、こういう生活って」

「ニネットが毎日ふかふかのベッドで寝《ね》て、おいしいものを食べて、綺麗《きれい》な服を着て、休日には観劇に行って、そして俺はいつでも隣《となり》にいてニネットの頬に触《ふ》れる生活」

そう言いながら、本当に頬にティルの手のひらが触れる。

さっきまでの軟膏を塗る仕草とは明らかに違う、大きな熱が頬を覆《おお》っている。

「ティ、ティル……？」

「ニネットは男爵家のご令嬢だ。俺が幸せにしたいと思っていたけど、俺は欠陥品《けっかん》として生家を追い出された上にニネットより三歳も年下だ。ただ普通《ふつう》の大人になるだけじゃダメだった。旦那様《だんな》がニネットを任せたくなるような、そんな存在になりたかった」

囁《ささや》かれる言葉はひどく熱っぽく、突然《とつぜん》のことに思考がついていかない。

（待って。じゃあ、ティルがあんなに頑張っていたのって……王族並みのスケジュールをこなしていたのって）

そこまで考えたところで、部屋の扉《とびら》がノックされた。

控えていた侍女が対応したのを見て、ニネットはハッと我に返った。

あわてて頰《ほお》の手のひらを指差し、訴《うった》える。

「……ティル。こ、この手はやりすぎだと思う」

「俺たちは正式な婚約者で、ここは公爵家で、誰かに見られることもないからはしたなくもない。ちなみに、部屋の中には使用人がいて、扉はノックされる前から開け放たれてる。これでもまだ何か不満がある？」

「た、確かにそうだけど⁉」

なんだかめちゃくちゃな言い分を納得《なっとく》させられている気がする。

しかしここでうっかり納得しては、この先の『婚約者、夫婦のふり』がエスカレートしていくのではないだろうか。

「旦那様。そろそろよろしいでしょうか」

ちょうど家令が訪ねてきてくれて、助かった。

「ああ、今行く」

「ティル、エッダの話はまた今度ね」

「悪い。すぐにまた時間を作る」

バタバタと応接室を出て行くティルを見送ると、テーブルの上に軟膏が入った瓶が残っているのが目に入る。それを手に取って、じっと見つめた。

（さっきまで、ティルはこれを私の頬に塗ってた。まるで、大人みたいなことを言いながら）

当たり前だが、どこからどう見てもティルは大人だ。

年下のように思ってしまうのは、ニネットがいきなり八年の月日をすっ飛ばしてしまったことが原因だとは思う。

（でも、さっきはそうじゃなかったわ。勝手にドキドキしてしまった。しかも、ティルは私を幸せにしたいとか言ってなかった……!?）

——ニネットは男爵家のご令嬢《れいじょう》だ。俺が幸せにしたいと思っていたけど、俺は欠陥品として生家を追い出された上にニネットより三歳も年下だ。ただ普通の大人になるだけじゃダメだった。旦那様がニネットを任せたくなるような、そんな存在になりたかった。

一言一句間違《まちが》いなく復唱できてしまった気がする。つまり、確かに間違いなく聞いてしまったのだ。

（その……ティルは私に特別な感情を持ってた……？）

頬が熱くなって、軟膏入りの瓶をぎゅっと握《にぎ》りしめる。これ以上考えると、ティルのことで頭が一杯《いっぱい》になってしまいそうだった。

そこへ、部屋に控えていた侍女《じじょ》が声をかけてくる。

「ニネット様、お茶はいかがですか？」

「ありがとう。でも必要ないわ。すぐに部屋に戻るから」

この屋敷《やしき》の使用人たちは、ニネットと一定の距離を置いている。こんなふうに優《やさ》しく声をかけられることはまずない。

その困惑《こんわく》は、ニネットの表情に出ていたらしい。侍女は遠慮《えんりょ》がちに教えてくれた。

「旦那様が女性にこんなふうに優しくしているのを見たのは初めてで……よからぬ噂《うわさ》を警《けい》戒《かい》していたのですが、考えが変わりました。それに、先代の愛《いと》し子様は別棟《べつむね》の自室で伏《ふ》せっていらっしゃることが多く、私たちは報告を命じられているのですが……仲睦まじい二人のご様子に、報告に困ることはありません」

一瞬で、スッと胸の奥が冷えていく感じがした。

(私たちの様子は逐一《ちくいち》『先代の愛し子様』に報告されているのね。そして、この家の主人であるティルは間違いなくそのことを知っている。――なんだ。そういうことだったのね)

幼い頃《ころ》からの想《おも》いを伝えられたように感じていたニネットだったが、それは婚約者《こんやくしゃ》のふりのひとつに過ぎなかったようだ。

ホッとしたような、どこか寂《さび》しいような。ただ、さっきまでのドキドキと頬の熱がなくなったのは事実である。

(勘違《かんちが》いしてしまうところだったわ。ティルったら、そんなところまですっかり大人なのね。私なんかよりもずっと『恋愛《れんあい》マスター』じゃない……)

不思議な感情を胸に、ニネットは自室へと戻ったのだった。

「お母様！　お母様！」

婚約者とのデートを終え、アンペール商会の屋敷へ戻ったエッダは着替《きが》えもせずに母親の部屋の扉を叩《たた》いた。

「どうしたの？　サンデル様との観劇はどうだったかしら？」

「そんなことより……会ったの。あの子に」

「あの子？」

怪訝《けげん》そうに眉《まゆ》を顰《ひそ》めた母親は、実年齢《じつねんれい》以上に若く、そして美しい。

乳飲《ちの》み子の頃に父親を亡《な》くしたエッダが、これまでの人生で何不自由なく生きてこられたのはこの母親の美貌《びぼう》のおかげだった。

そして、それはエッダ自身にも受け継《つ》がれている。

その美しい母親に、エッダは縋《すが》るようにして告げた。

「ニネットよ！　ニネット・アルヴィエ。あの災害の日に行方《ゆくえ》不明になったニネットが、なぜか王都にいたの！」

「なんですって？　それは本当なの？」

「ええ。私は実際に会話もして……でも、ニネットは自分が売られたことは知らないみたいだったわ。でもそれなら、どうやって生きてきたのかしら。しかも、見た目もあまり変わってなかった。私より年下にすら見えたわ」

するど、母親は吊《つ》り上がっていた眉を下げ、ホッとしたように息を吐《は》く。

「よかったわ、それなら心配ないじゃない」

「お母様……？　だって、私たちは精霊《せいれい》の予言を偽造《ぎぞう》してニネットを悪い人たちに売ろうとしたのよ？　心配ではないの？」

「いいこと。あなたが精霊の予言を偽造したとわかる人間なんてどこにもいないわ。ニネットを売り飛ばした相手もあの災害のせいで行方不明なんだもの。だから、私たちが喋《しゃべ》らなければバレることはないわ」

「本当かしら。そういうものなの？」

「ええ。それに、あなたはもうすぐ男爵《だんしゃく》夫人になるのよ？　あの頃のニネットよりも立場は上になるの。それに精霊も使役《しえき》している。ニネットが何を言おうと、私たちの言葉の方が強いのよ」

母親の言葉に、やっとホッとした気持ちになる。

子どもの頃から母親に従っていればほしいものは何でも手に入った。

けれど、一つだけ手に入らなかったものがある。

それはエッダと同じ年齢《ねんれい》の、綺麗《きれい》な男の子だった。そのことを久しぶりに思い出して、エッダは気分を沈《しず》ませた。

「……ニネットは一人だったわ。ティルはいなかった」

「当たり前でしょう？　あの二人は別々に行方不明になったんだもの。ニネットは洞窟《どうくつ》で攫《さら》われて、そしてティルは災害の後で姿が見えなくなった。あの頃のように一緒《いっしょ》に現れるはずがないじゃないの」

「……ええ、そうね……」

すっかり元気を無くしてしまったエッダの肩《かた》を母親が優しく抱《だ》いてくれる。

「あの計画――精霊の予言を利用してニネットを他所《よそ》へやる計画は、エッダがティルのことをほしくて考えついた計画だったものね」

「……お母様ったら、それは言わない約束でしょう？」

いつも、母親が人の道から外れたことをしているのは知っていた。

先妻の娘《むすめ》ニネットにキツくあたり、居場所を奪《うば》っていく。

それだけではない。

ニネットの持ち物を盗《ぬす》み、わざと自分を疑わせて返り討《う》ちにすることで抵抗《ていこう》する気力をも奪っていることに気がついたのは何歳の頃だっただろうか。

そこまで知ると、早くに妻を亡くしたアルヴィエ男爵にどうやって取り入ったのかや、町の人に恩を売ってニネットがサンクチュアリで孤立《こりつ》するように振《ふ》る舞《ま》っていたことまでも理解してしまった。

初めは、エッダも幼いなりにニネットを助けようと思った。

けれどいつのころからか、自分と同い年の美形の少年、ティルがニネットを庇《かば》うようになった。

ティルはニネットをとても慕《した》っていた。姉と弟とは思えない熱を帯びたまなざしでニネットを見ていた。

エッダはそれが羨《うらや》ましかった。

あの子がほしい。

特別な空気を纏《まと》って、年上の女の子に片思いをしているティルがほしい。

その思いが積もりに積もって、エッダは精霊を使いニネットを生贄《いけにえ》として捧《ささ》げさせ、遠くに売り飛ばすというひどい案を思いついたのだ。

サンクチュアリでどんなに嫌《きら》われ、みすぼらしい格好で暮らしていても、ニネットはアルヴィエ男爵家の跡《あと》取《と》り娘に変わりない。

万一売り飛ばされたりいなくなったりしたら、少なからず騒《さわ》ぎになるし国も捜索《そうさく》するだろう。

――けれどもし、生贄として町を救うために捧げられたのなら。

エッダにとって邪魔《じゃま》なニネットを追い出す手段として、これ以上の口実はないように思えた。

加えて、サンクチュアリの役割を考えて、特例でエッダに家督《かとく》を継ぐことが認められるだろう、と。

夕暮れの部屋には明かりが灯《とも》り、テーブルの上で炎《ほのお》が揺《ゆ》れている。

その前で母親はエッダの頭を抱き、優しく撫《な》でる。まるで、芽生えた罪悪感を有《う》耶《や》無《む》耶《や》にするかのように。

「エッダ？　余計なことは考えずに、サンデル様と仲良くするのよ。サンデル様とあなたが結婚《けっこん》することはずっと貴族との繋《つな》がりを欲《ほっ》していたアンペール商会の念願なのだから。いいわね？」

「――はい、お母様」

第七章 ✦ 因果応報

　劇場でエッダと再会してから数日後。テラスで午後のお茶の時間を過ごしていると、執《しつ》事《じ》が来客を知らせてきた。

「プリチャード男爵家より、サンデル様とおっしゃる方がニネット様をお訪ねになっているようですが。門の前でお待ちいただいておりますが、いかがいたしましょう」

（サンデル様、って）

　それはエッダの婚約者《こんやくしゃ》の名前ではなかったか。

　しかも、ニネットに一瞬《いっしゅん》で引き寄せられてしまった、極《きわ》めて相性《あいしょう》が悪いタイプの男だったような。あの日掴《つか》まれた腕《うで》の感触《かんしょく》を思い出して、ニネットは顔を青くした。

　そんなニネットを見て、ティルは諸々《もろもろ》を察したらしい。

「――それは俺が出るよ」

「あのね、ティル、その人は」

「エッダの婚約者だろう？」

「……ええ」

エッダの結婚式は二ヶ月後に執《と》り行われる。

はじめ、ティルは精霊契約《せいれいけいやく》の結婚式への立ち会いを拒《こば》むつもりでいたらしいが、ニネットが劇場でエッダに再会し侮辱《ぶじょく》を受けたことで、考えが変わったようだった。

毎日外出をし、資料を集め立ち会いに備えている。

当然、新郎《しんろう》となるサンデルのこともよく調べているのだろう。

「ねえ、ティルは何を企《たくら》んでいるの……？」

「別に何も。ただ、当日はニーヴを貸してほしいかな」

『ぼくを⁉　ぼく、あの女の幸せなんて保証しないよ⁉　むしろ呪《のろ》うし』

「わかってる。ほかの目的で一緒にいてもらいたいんだ。とりあえず今はサンデル・プリチャードに会ってくる。もうニネットに近づくなと釘《くぎ》を刺《さ》してくるよ」

（……うっ）

まるで十年前のような笑顔《えがお》を見せられると、何も言えなくなってしまう。

公爵様《こうしゃく》としてのティルは険しい顔をしていることも多いけれど、ニネットと話すときは少年のような懐《なつ》かしい表情をすることがある。

今だって、あの頃《ころ》の面影《おもかげ》があってかわいく思えてしまった。

（こういう顔をするから、『仲のいい婚約者のふり』をするときとのギャップがありすぎて、調子がおかしくなってしまう……！）

そんなことを思いつつ、サンデルが待つ応接室へと向かうティルの後ろ姿を見送ったニネットは、何とも表現し難《がた》い違和感《いわかん》に首を傾《かし》げたのだった。

(最近のティルはこそこそ何か準備しているみたいなのよね。一体、何を考えているの……？)

それから二ヶ月が経《た》った。

精霊契約の結婚式は、イスフェルク王国の王宮から南にある大聖堂で行われるのが慣《なら》わしのようだ。

エッダ・アンペールとサンデル・プリチャードの結婚式も慣例通り、今日の昼から大聖堂で執り行われることになっている。

大聖堂の控《ひか》えの間で、ニネットは遠い目をしていた。

「私、ティルは結局エッダの結婚式への立ち会いを拒むような気がしていたの。いろいろ調べてはいたけど、最後には自分の正体を明かしてエッダとお継母《かあ》様がしたことを詳《つまび》らかにして、結婚式は取りやめになるんじゃないかって思ってた」

「ニネットは俺がそんな子どもだと思っていたのか？　心外だな」

そこそこ真面目《まじめ》な問いだったのに、余裕《よゆう》たっぷりの軽口が返ってきてニネットは口を尖《とが》らせる。

ティルの今日の服装は、白に近い淡《あわ》いグレーを基調としたフロックコート。それも、細部には金糸で刺繍《ししゅう》が入った華《はな》やかなものだ。

これは儀式《ぎしき》専用につくられていて、デザインや色は代々受け継《つ》がれているものらしい。背が高くスタイルがいいティルにはものすごく似合っている。

けれど、ニネットはどうも腑《ふ》に落ちない気持ちでいた。

（ティルは私よりもずっと、お継母様とエッダに怒《おこ》ってた。何事もなく結婚式が済むとは思えないのだけれど……）

何より、そう思うのには理由があった。

「だって、私も立ち会うなんて聞いてないし！　どうしたらいいの……!?」

実はニネットも、ティルと同じような儀式用のドレスを身につけている。

理由は当然、結婚式に臨席するからだ。

もちろん、招待客ではなく主催《しゅさい》側で。

部屋の端《はし》に控え、こちらの様子を窺《うかが》っているメイドとのいろいろな都合上、ティルはニネットの髪《かみ》の先に触《ふ》れる。

そうして、どきりとするような笑顔を見せた。

「今日までニネットに知らせていなかったのは、重圧をかけたくなかったからだ」

(……!)

心臓が跳《は》ねたのを隠《かく》して頬《ほお》を膨《ふく》らませると、こわごわニーヴが謝ってくる。

『ぼくは知ってたんだけど……言わなくてごめんね』

「ニーヴまで!」

いつもは味方のはずの精霊《せいれい》まで、今日はティルの意向に従うらしい。

けれど時間は来てしまう。

(私に重圧をかけたくない、ってティルらしいけれど、絶対にそれだけではないと思うのよね……!)

不満を表明しても、ティルはニネットを愛する婚約者として扱《あつか》うし、何も教えてくれない。まるで、復讐《ふくしゅう》のために手を汚《よご》すのは自分一人で十分だとでも言っているようだ。

完璧《かんぺき》な笑顔で自分をエスコートしてくれるティルの手に引かれ、ニネットは控えの間を出たのだった。

結婚式が行われる大聖堂は、数千人の臨席が可能になっている。

今日の結婚式は、豪商《ごうしょう》アンペール家とそれなりに歴史のあるプリチャード男爵《だんしゃく》家の両家によるもので、大聖堂はほぼ満員に近い招待客で埋《う》め尽《つ》くされていた。

通路の端にある出入り口から聖堂内を覗《のぞ》き込んでいたニーヴが息を吐く。

『すごいねぇ。人だけじゃなく、使役《しえき》されてる精霊もいっぱい来てる』

「本当だわ。さすが貴族と、上客が多い商会の結婚式ね」

『それで、ニネットは役割を覚えた？』

「ええ。ティルのもとにニーヴを連れていけばいいのよね？『愛《いと》し子』として」

その質問には、ティルが答える。

「そうだ」

精霊契約の結婚式は、イスフェルク王国で行われる多くの一般《いっぱん》的な結婚式と大きな違《ちが》いはない。

神の前で永遠の愛を誓《ちか》うのが、精霊の前で誓うことになるというだけだ。

そして、その精霊との橋渡《はしわた》し役はベルリオーズ公爵家が担《にな》う。

「昔は、公爵家の『愛し子』が直接橋渡しを行っていたんだが、お年を召《め》されてからは公爵が代理で行うようになっている。ニネットは今回が初めてだし、相手が相手という事情もある。ニーヴを連れてきてくれればそれでいい」

（本当は私が一人でやらないといけないのね。よかった、今日はティルが代わってくれて）

あのエッダとサンデルの前に一人で立つなんて、ニネットには絶対に無理な話だ。

しかもこの聖堂内には継母がいる。

もし、正面から向き合ってしまったら、まともに話せる自信がなかった。

ニネットは震《ふる》える手をティルに見せた。

「ありがとう。正直、すごく助かったわ。お継母様がここにいると思うとこうなっちゃうんだもの」

「……ニネット」

「でもね、怖《こわ》いからじゃないと思う。きっとこれは怒《いか》りよ。私の大切なものを全《すべ》て奪《うば》ったあの二人へのね」

ティルはニネットが合わせた両手を片手で握《にぎ》り引き寄せると、抱《だ》きしめた。急に胸に頭を抱《かか》えられるような状態になり、ティルの心臓の音が聞こえる。

しっかり仲睦《なかむつ》まじい婚約者同士のふりになっているが、あいにくここには公爵家の使用人はいない。

(誰《だれ》も見ていないはずなのに、どうしてこんなことをするの……！)

「ニネットは一番近くで見ていてくれればいい。ニネットを守るのは俺だし、何よりも、これは俺たちがこれから生きていくために必要なことだから」

「……！」

口調も声色《こわいろ》も、慣れた『年下の少年』っぽいものではなくて、年齢《ねんれい》相応の公爵《こうしゃく》様のもの

だった。

いつものティルとの違いに、戸惑《とまど》いしかない。

(私が、震えていたから……？)

見上げると、ティルは口の端《はし》を上げて笑う。それからニネットの頭を愛《いと》おしげに撫《な》でると、そのまま一人で聖堂へと入って行った。

『……』

興味津々《しんしん》に見てくるニーヴの視線が気まずすぎる。

「……何？」

『ううん。本当に仲が良いなぁと思って』

「ニーヴは恋愛《れんあい》関係のお願いを叶《かな》える精霊にはなれなそうよね」

『？　そう？』


一方、聖堂内では、ティルが中央の長い通路を颯爽《さっそう》と歩き始め一瞬《いっしゅん》で空気が変わっていた。ざわざわとしていた聖堂内が静まり返った後、年若い令嬢《れいじょう》のものと思われる黄色い声があちこちから聞こえる。

ティルはそんな独特の空気の中をわずかすらも動じることなく祭壇《さいだん》までたどり着くと、

慣れた手つきで白い精霊の書を開いた。

　ニネットは、出入り口からじっと様子を見守るばかりだ。

（白い精霊の書だわ。精霊契約《けいやく》の結婚《けっこん》式で使われる専用の書物なのよね）

　愛し子教育で聞いたことが早速役に立っている気がする。

　とにかく、いろいろなあれこれは置いておいて、ティルは神々《こうごう》しいほどに美しかった。

『ティルってすごいねぇ。精霊を司《つかさど》るお家《うち》の公爵様、ちゃんとやってるぅ』

「……ええ。びっくりしちゃった……」

　ニネットが洞窟《どうくつ》の中で過ごした八年間という年月の重さを、あらためて感じてしまう。

（あの、少年だったティルが臆《おく》することなくこんな大役をこなすようになるなんて。しかも、ずいぶん慣れた様子だわ。私がいない間、本当にいろいろなことがあったのでしょうね）

　感動していると、ニネットがぼうっとしていると勘違《かんちが》いしたのか、ニーヴが段取りを確《かく》認《にん》してくれる。

『ニネットは、ぼくが合図したら一緒《いっしょ》に来てくれればいいからね。タイミングはティルから聞いてるし』

「ええ、わかったわ」

　本来は『夫婦となる二人の元に精霊を連れていく』がニネットに与《あた》えられた役目なのだが、これでは逆である。

きっと、ティルは何かを準備しているのだろう。けれど、ニネットは何が起こるのか知らない。ティルとニーヴに任せるしかなかった。

そうしているうちに、聖堂の高い天井《てんじょう》にパイプオルガンの音が響き渡《わた》る。

程《ほど》なくして聖堂の扉《とびら》が開き、エッダとサンデルの姿が見えた。

二人はさっきティルが歩いた中央の通路を通って祭壇の前に進む。

ティルの目の前に立ったサンデルは、心なしか蒼《あお》ざめて見えた。

一方のエッダはというと、噂《うわさ》のティルソン・ベルリオーズ公爵閣下が目の前にいることに興奮しているようだ。

夫となるサンデルの方には目もくれず、ティルだけを凝視《ぎょうし》している。

(エッダの『ベルリオーズ公爵』を見つめる姿からは、その公爵様がティルだと気がついていないように思えるわ。それより、新郎《しんろう》が蒼ざめて見えることの方が気になる……)

首を傾《かし》げたところで、パイプオルガンの音が止《や》んだ。

「──気がついていないのか」

音が止むのと同時に、エッダに向けられたと思われるティルの鋭《するど》い声に、サンデルの肩《かた》が震えた。

けれど、エッダは何のことかわかっていないようで首を傾げている。その様子を見て、ティルが痺《しび》れを切らしたように厳しく問いかけた。

「ティル・アルヴィエ。この名前に聞き覚えは？」

「……！　あなた……！」

サンクチュアリでの名前を出したことで、エッダは目の前にいるベルリオーズ公爵がティルだと気がついたのだろう。

皆《みな》が状況《じょうきょう》を把握《はあく》しておらず聖堂にはまだ厳《おごそ》かな空気が満ちている中、エッダの甘さのある透《す》き通った声が響いた。

「ティルなのね⁉　会いたかった……！　まさか、こんなところで再会できるなんて」

「エッダ、落ち着くんだ」

サンデルが焦《あせ》ったように止める声が聞こえるが、エッダは止まらない。

「ティル、私ね、サンクチュアリが災害に襲《おそ》われた日からずっと心配していたの……！　ティルが生きていればいいなって。こんなことになるなら、私が生贄《いけにえ》になって確実に災害を止めるべきだったって……！」

エッダの透き通った瞳《ひとみ》から、ぽろぽろと涙《なみだ》がこぼれ落ちる。

それを見た列席者からは同情の声が聞こえはじめた。

「エッダ嬢《じょう》はサンクチュアリの生き残りで、しかもあのアルヴィエ男爵家《だんしゃくけ》の末裔《まつえい》らしい。

貴族令嬢として生まれたのに、町が消えて路頭に迷った経験がおありなのだとか」

「それなのに、友人の身を案じていたのか。何とお優《やさ》しいことだ」

「可憐《かれん》でお優しいエッダ様。精霊《せいれい》と契約《けいやく》しておいでなのだろう？　こう言っちゃアレだが、プリチャード男爵家の令息よりもベルリオーズ公爵家のティルソン様の方がお似合いだよな」

『何だって！』

ニネットと一緒に隠《かく》れて見ていたニーヴが怒《おこ》って飛び上がった。

「ニーヴ。そんなに怒らないで。また雨が降ったり石が舞《ま》ったりしたら大変よ」

『だって、エッダとお似合いだとか何とか言ってるよ!?　あんな悪い女と！』

「……それよりも、そろそろ私とニーヴの出番なんじゃないかしら？」

ほんの少しもやもやしたのは認めたい。

けれど、ここでニーヴに同意して怒りに火をつけるわけにはいかないのだ。なんとか話題を変えることに成功したようで、ニーヴはなぜかえっへんと胸を張る。

『確かにそろそろ出番だね。いい？　驚《おどろ》かないで見ていてね』

「ええ」

さすがにこれ以上驚くのは、継母《ままはは》と目があったときぐらいなものだろうとは思う。けれど、ニネットがいる場所からは継母は見えない。できれば会いたくないと顔を引き攣《つ》らせたところで。

パタン、という白い精霊の書を閉じる音がした。

（ティル、どうして書物を閉じてしまったのかしら）

そう思っているうちに、ティルは黒い精霊の書を取り出す。

（――あれは……！）

ティルが手にしている精霊の書の色がさっきまでと違《ちが》うことに気がついている人間は、一体ここに何人いるのだろう。

そして、その意味をわかっているのはそのうちの何人なのか。

ほんの少しざわざわとしはじめた空気の中で、ティルは淡々《たんたん》と二人に告げる。

「――懺悔《ざんげ》を」

「懺悔？」

これから精霊契約を介《かい》した結婚式が始まるものだと思い込んでいたらしいエッダは首を傾げている。

一方のサンデルは、離《はな》れた場所からでも肩ががくがくと震《ふる》えているのがわかった。

（これはもしかして）

「ねえ、ニーヴ。今ティルが促《うなが》しているのは、精霊契約の結婚式じゃなくて、精霊の裁定というもの……？」

ベルリオーズ公爵家に来てから、聞いたことがある。

──大聖堂で公爵家が精霊を立ち会わせて交わす契約の一つに『裁定』がある、と。

先日それを教えてくれたニーヴは、まっすぐに祭壇を見つめていた。

『……そうだよ。今日、ティルがやるのは結婚式じゃなくて『裁定』だ。精霊の名を騙《かた》って犯した罪を、精霊の前で懺悔させる。そうすることで、その罪によって穢《けが》れた地の浄化《じょうか》に繫《つな》がるんだ』

「その穢れた地って、もしかして」

脳裏《のうり》に、ボロボロになったサンクチュアリの光景が思い浮《う》かぶ。

洞窟から出て八年が経《た》っていることを知り、泣き叫《さけ》んだ後の胸に刺《さ》さるような感覚や空気の薄《うす》さが昨日のことのように思い出された。

(つまり、ティルはここで精霊契約の結婚式じゃなくて裁定を行うことで、サンクチュアリを元に戻《もど》そうとしているの……？)

両親と三人で幸せに暮らしていた思い出の町。母親を亡《な》くした日の悲しさ。父親が奪《うば》われていくことへの寂《さび》しさ。

けれど、ティルがやってきて、そこは大切なものを守りながら生き抜《ぬ》く場所に変わった。

失った故郷への思いで視界が歪《ゆが》む。

ニネットを見守っていたニーヴは、精霊らしく自信いっぱいに笑った。

『さぁ、行こう。ニネットの出番だよ』


——『エッダ・アンペール』があのエッダだと知り、精霊契約の結婚《けっこん》式を行うと聞いたときはどうしてやろうかと思った。


その行き場のない怒《いか》りの感情が、ティルがアルヴィエ男爵家を乗っ取った親子への復《ふく》讐《しゅう》をニネットに隠してきた理由だ。

（ニネットは優しくて強い。だから、過去への怒りにはあまり執着《しゅうちゃく》しない。たとえ怒りを抱《かか》えていたとしても、いざとなったらあの親子の事情を考えて、許してしまう可能性がある）

ニネットの継母と義妹《ぎまい》は、アルヴィエ男爵家を乗っ取った。

けれど、彼女たちにとっては生きていくために必要なことだった、とも言えるだろう。

アルヴィエ男爵家の名前がなければ食べるものに困り、生きていけなかっただろうから。

そのために別の人間の人生を踏《ふ》み躙《にじ》ったことは許せないが、あの頃《ころ》でさえ「形勢逆転が難しいとわかったら、怒りは消えた」と言っていたニネットだ。

いざ継母とエッダを前にしたら、積極的に罪を追及《ついきゅう》することはしないと思った。

実際に、劇場でエッダに遭遇《そうぐう》したニネットは何もしないで帰ってきたのだから。

(十年前、俺は子どもだった。旦那様《だんなさま》に「俺がニネットを守る」なんて偉《えら》そうなことを宣言しながら、本当に旦那様がいなくなったら何もできなかった)

あの頃の、やりきれないほどの無力感は今でも忘れることがない。

大切なニネットの居場所をそっくりそのまま入れ替《か》わって奪い、あまつさえ売り飛ばそうとした継母と義妹はどうしても許せない。

(精霊と縁深《ゆかりふか》いサンクチュアリのアルヴィエ男爵家を乗っ取った二人には、相応の報《むく》いを受けさせる)

『仲のいい婚約者《こんやくしゃ》』らしく振《ふ》る舞いつつも、警戒《けいかい》させないよう、かつて弟扱《あつか》いだったころの自分を演じている自覚はある。

ニネットが張り切って『ティルは弟』を繰《く》り返しているのを見ると、複雑な気持ちになってしまうこともあるが、今回はそのおかげで気付かれることなく準備ができそうだった。

復讐を決めたティルがしたのは、エッダを養子としたアンペール家について調べることだった。

（縁談《えんだん》が破談になったとしても、戻る場所があっては全《すべ》て水の泡《あわ》だ）

アンペール家は新興の商会を経営していた。

保守的な考えの人間が多いこの国において、新しい商会がここまで急に栄えるのはとても異例なことである。

――絶対に、表には出せない事情があるに違いない。

そこで頼《たよ》ることにしたのが、ライバル的な位置付けのクレーティ商会の主であり、ニネットの友人でもあるライモンドだ。

サンクチュアリを失ったニネットを保護し、支えてきた色男を頼るのは不本意だったが、背に腹は代えられない。

自分が知らない、王都でのニネットの話を聞かされて苛立《いらだ》ちつつも、有益な情報を得ることができた。

それは、アンペール商会が『精霊』を利用して成り上がったのではないかという噂話《うわさばなし》だ。

（継母とエッダの後ろ盾《だて》をなくすのに有効だな）

そう思い、どうやって証拠《しょうこ》を掴《つか》んで潰《つぶ》そうか考えていたところに、のこのことやってきたのがエッダの婚約者、サンデルだった。

サンデルはニネットに惹《ひ》かれて粉をかけにやってきたらしい。

ライモンドに聞いた噂によると、エッダの婚約者・サンデルの家であるプリチャード男爵《だんしゃく》家はアンペール商会から莫大《ばくだい》な融資《ゆうし》を受けて成り立っているということだった。

（貴族との繋がりがほしいアンペール商会と、資金がなく困窮《こんきゅう》しているプリチャード男爵家の婚姻《こんいん》か。しかも、噂によるとプリチャード男爵家のほうはまだ自らの手は汚《よご》していないようだ。これを利用しない手はないだろう）

ティルは、突然《とつぜん》訪ねてきたサンデルを警戒するニネットに代わって対応し、脅《おど》しをかけた。

——次期公爵夫人に粉をかけようとしたことを秘密にしてやる代わりに、エッダの家からアンペール商会の帳簿《ちょうぼ》をとってこい、と。

サンデルは、自分の実家が、アンペール商会が汚《きたな》い手段で稼《かせ》いだ富だけを目当てにしていることを知っていたようだ。

ティルが持ちかけた取引に、顔面蒼白《そうはく》になって震《ふる》えながらも応じた。

あらゆる特権を持つ『ベルリオーズ公爵家』を敵に回すよりずっといいと判断したのだろう。

（これで、継母《ままはは》とエッダに復讐する準備は整った）

ところで、ベルリオーズ公爵家にのこのこと現れたサンデルは、すっかりニネットに魅《み》了《りょう》されて惚《ほ》れ込んだ顔をしていた。

それは、サンクチュアリにいた頃、何度も追い払《はら》った男たちのぼうっとした表情と重なる。

(俺は、ベルリオーズ公爵家の跡取《あとと》りだ。愛し子《いとしご》がもつ特性に惑《まど》わされることはない)

子どもの頃は、ただニネットを守りたいだけだった。

その気持ちが、好きという感情なのだとわかり、やっと伝えようと思ったまさにそのときに、ニネットは嵌《は》められて生贄《いけにえ》となり姿を消した。

(今度こそ、ニネットは俺の手で守る。契約《けいやく》結婚でも何でもいい。ずっと一緒《いっしょ》にいるうちに、いつかこっちを向いてくれれば)

今のところ、その素振《そぶ》りはない。でもそれでいいとすら思っている。

どんなに焦《こが》れても、もう二度と会えないと思って過ごしてきた十年間を思えば、今の毎日はとんでもなく甘くて幸せな日々でしかないのだから。

ニーヴの魔法《まほう》で扉《とびら》が開く。そこに現れたニネットを見て、一番に悲鳴を上げた女がいた。

「……っ！　どうしてあなたがここに!?」

それは、さっきまで列席者に紛《まぎ》れて姿が見えなかった継母だった。

顔を真っ青にし、髪《かみ》を振り乱《みだ》して叫《さけ》んでいる。

「一体何をしにきたのよ！　帰って！　逆恨《さかうら》みでエッダの結婚式を台無しにする気ね⁉

……誰《だれ》かあの女をつまみ出して！」

悲鳴のような喚《わめ》き声に、聖堂内にざわめきが広がっていく。

「つまみ出して、ってあれはベルリオーズ公爵《こうしゃく》家が擁《よう》する精霊《せいれい》の愛し子様だよね？」

「騒いでいるのは……エッダ嬢《じょう》のお母上か」

「無理を言う」

かつて、サンクチュアリでニネットに刺《さ》さってきた心無い声は、今日は継母へと向いている。

騒然《そうぜん》とし始めた聖堂内を黙《だま》らせるように、ティルの声が響《ひび》く。

「この国では精霊の名を騙《かた》って悪事を働くこと、そして国からの許可なく精霊を使って儲《もう》けを出すことは固く禁じられている。これには、秩序《ちつじょ》の維持《いじ》のほかに極《きわ》めて重要な理由がある。――精霊の暴走を招くからだ」

ニネットの肩《かた》に座ったニーヴは継母を見て、ふんと鼻で笑った。

『あれがニネットをいじめてきた継母だよね？　愛し子として入場してきたニネットをつまみ出せる人間なんていていいわけないのにね』

そうして、続ける。

『ニネット。ティルが今日こうやって二人を断罪することを黙ってた理由、わかる？　ニネットは優《やさ》しくて強いから、騙《だま》し討《う》ちみたいにするのの片棒を担《かつ》がせたくなかったんだって』

ニーヴの言葉にニネットは目を瞬《しばた》いた。

(確かに、初めから知っていたら賛成していたかどうかわからなかった。でも今、お継母様とエッダを目の前にして、どうしても言いたいことがあるわ)

ニネットは列席者の中を通り過ぎ、ついに祭壇《さいだん》の前に辿《たど》り着く。

目の前にはエッダがいて、顔を真っ青にし唇《くちびる》を震わせていた。

「ニ、ニネット。あなた……どうして」

「……エッダが災《わざわ》いを予言して、私は生贄になるはずだったの。でも、生贄になるために向かった洞窟《どうくつ》で不思議なことが起きた。洞窟には私を贄にする精霊ではなくて、人買いが現れたの」

エッダの顔は完全に色を失う。そして、唇だけでなく全身が震えだす。

「……っ、そ、そんなの私は知らない」

「人買いは、お継母様とその娘《むすめ》が私を売り飛ばすために考えた計画だと話していたの。本当に、知らない？」

「わ、私は……私は知らない！」

完全に取り乱したエッダを見て、同情の気持ちすら芽生えそうになる。

きっとエッダの中では十年前に終わったことなのだ。ニネットやティルの人生はこんなに影響《えいきょう》を受けてしまったけれど、継母やエッダにとっては生きていくために必要だったこと。それなのに、十年も経《た》ってから蒸《む》し返されて都合が悪いのだろう。

（しかも、エッダはあの頃《ころ》まだ十三歳だった。正常な判断ができていたとは思えない）

ニネットが考え込んで間を置いたところに、ティルが祭壇から告げる。

「──だが、お前たちが彼女を洞窟に行かせたおかげで、ニネットは高位精霊と契約《けいやく》するに至った。そこで、精霊の愛し子だと判明したんだ」

「……！」

パサッと音がして、エッダが手に持っていたブーケが床《ゆか》に落ちる。

さっきまでの愛らしい表情や甘い声音《こわね》は見る影《かげ》もない。取り繕《つくろ》えないほどに動揺《どうよう》しているようだった。

『それがぼくとニネットの出会いだよね』

ニーヴは飛び上がると、ティルが手に持っている黒い精霊の書の上を舞《ま》った。

その瞬間《しゅんかん》に眩《まばゆ》い光が湧《わ》き起こる。

精霊による特別な魔法が作動したのがわかった。

恐らく、これからティルが行おうとしている『裁定』のための魔法なのだろう。

（……ティルが「当日はニーヴを貸してほしい」と言っていたのはこのためだったのね）

大聖堂内がニーヴの魔力で満たされる。

頭上に細かな煌《きら》めきが舞い、真っ白い光とともに人々を驚《おどろ》きで包んでいく。

その中央には、警備員によって取り押さえられた継母と、呆然《ぼうぜん》とするエッダがいた。

二人をひどく冷酷《れいこく》な視線で一瞥《いちべつ》したティルは、サンデルに向き直る。

「まずは、サンデル・プリチャード。言いたいことがあれば言え」

ティルに指名されたサンデルはかわいそうなほどに目を泳がせている。

一体どうしたのか、と思うと、彼は目をギュッと閉じ、覚悟《かくご》を決めたように顔を歪《ゆが》め叫んだ。

「──わ、私は、アンペール商会について告発します」

「!? サンデル様？　な、何をおっしゃるのですか？」

慌《あわ》ててエッダが止めたが、静寂《せいじゃく》に包まれた聖堂でサンデルは続ける。

「アンペール商会はエッダ・アンペールと養子縁組《えんぐみ》を結んだ後、彼女が契約する精霊の力を商会の運営に使用していました。高額商品を購入《こうにゅう》するように仕向けたり、ほかの商会の顧客《こきゃく》を引き入れるため心変わりをさせるなどがその例です」

「!?　何を言っているのかわからないですわ……！」

さらに取り乱したエッダに、ティルが冷たい視線を送る。

「証拠《しょうこ》は揃《そろ》えてある。イスフェルク王国の高位精霊ニーヴの名の下に、アンペール商会が精霊によって得た利益を消滅《しょうめつ》させる」

列席していたエッダの養父や商会の関係者からは怒号《どごう》が上がった。

「そんな……どういうことだ。私は何も知らんぞ！」

「なぜ証拠が公爵家に渡《わた》っているんだ！　裏切り者は誰だ！」

「待ってくれ。アンペール商会の悪事にうちは関係ないぞ！　プリチャード男爵家はただ融資《ゆうし》を受けているだけだからな！　それも、アンペール商会に黒い噂《うわさ》があるのなら今後関わりは持たない」

そんな声にもティルは動じることがなく、裁定を進めていく。

「……我がベルリオーズ公爵家は精霊に関わる全《すべ》てを司《つかさど》る家だ。悪事を裁く権利がある。次に、エッダ・アンペール」

「……」

「懺悔《ざんげ》を」

ティルの言葉に、エッダは唇を噛《か》んで固まってしまった。

周辺を青い蝶《ちょう》の姿をしたエッダの中位精霊が飛んでいる。

まるで、エッダを守ろうとしているようだ。

「自分で話すのなら、情状酌量《しゃくりょう》の余地はあると思ったんだが……まぁ、お前たち親子に限ってそれはないだろうな」

「そんな、ティル。信じてくれないの？　子どもの頃、私たちに仕えてくれていたじゃない。いつも町へお使いに――」

エッダの必死の弁解をティルは遮《さえぎ》った。

「十年前まで、彼女の名前はエッダ・アルヴィエだった。精霊と縁深《ゆかりふか》い町、サンクチュアリのアルヴィエ男爵家の後妻の連れ子だ」

サンデルのぽかんとした声が聞こえた。

「え。連れ子って……男爵家の血は引いていないってこと？」

「いいえ、私そんな――」

エッダが慌てて弁解しようとするが、ティルはその間を与えない。

「その通りだ。エッダ・アルヴィエとそこにいる彼女の母親はアルヴィエ男爵家を乗っ取り、当主が事故死した後はアルヴィエ男爵家を意のままにした」

「違《ちが》うわ！　私はちゃんとアルヴィエ男爵家の令嬢《れいじょう》よ」

「そうよ。言いがかりをつけるのはやめてちょうだい」

エッダと継母《ままはは》が口々に抗議《こうぎ》しているが、ティルは止まらなかった。

「そのときに家を乗っ取られ、精霊《せいれい》と契約する機会を奪《うば》われたのがニネット・アルヴィエだ。ニネットはエッダによる虚偽《きょぎ》のお告げにより売り飛ばされるところだった。――それが精霊の怒《いか》りを買い、サンクチュアリは消えた」

ティルのこれ以上ない明確な言葉での告発に、今日一番のどよめきが起こる。

「何だって」

「サンクチュアリが滅《ほろ》びたのは精霊の怒りを買ったからだと」

「つまり、サンクチュアリが消えたのは、アンペール家の後妻と連れ子のせいなのか……？」

「わ、私だってまさかあんなことになるとは……ってキャッ！　何なの⁉」

涙《なみだ》を浮《う》かべたエッダの頭上に、ニーヴが放った魔力《まりょく》の光が集まる。

その光はエッダを包み込み、一際《ひときわ》白く光った。

光が消えると、エッダは四角いガラスの檻《おり》の中に閉じ込められていた。ガラスは分厚く、エッダの声がこもって聞こえる。

「な、何なのこれ！　出して！　どうしてこんなことをするの⁉」

「エッダ！　私のエッダをガラスから出してちょうだい」

エッダは悲鳴をあげ、継母は警備員を振《ふ》り切ってガラスに駆《か》け寄り、ドンドンと叩《たた》いて割ろうとしている。

けれど、精霊の魔法によってできたガラスが割れることはなかった。

（これ、ニーヴの魔法なの……？）

ガラスケースの周りをエッダの契約精霊である青い蝶がぐるぐる飛んでいる。

きっと、エッダを助けたいのだろう。けれど高位精霊であるニーヴによってできたガラスの檻はどうしても割れることがなかった。

「精霊による裁定が終わったようだ。彼女は罪人だ」

「なんで……どうして！」

ガラスケースの中でエッダが泣き崩《くず》れている。

一方、婚約者《こんやくしゃ》のサンデルも腰《こし》を抜《ぬ》かして座り込んでしまった。

「も、ももも私が……ベルリオーズ公に協力しなかったら……こ、こここうなっていたというのか……!?」

「懸命《けんめい》な判断だったな」

ティルは、ひどく冷たく、厳しい視線をサンデルに向けた。

サンデルは恐怖《きょうふ》で立ち上がれないようで、プリチャード男爵家の人間に抱《かか》えられて聖堂を退出していく。

その後、ティルはガラスケースの周囲を飛び続ける青い蝶に目を留めた。

いつまで経ってもエッダから離《はな》れようとしない様子に、違和感《いわかん》を持ったようだ。

「……妙《みょう》だな。罪人は自動的に精霊との契約が切れるはずだが」

『うーん。キミ、ずっと何か違和感があるんだよねぇ。もしかして契約書とか持ってる？』

ニーヴが青い蝶に向かって両手を広げると、パチンと音がして二枚の紙が現れた。

その紙はひらりと舞い、一枚は床《ゆか》に、もう一枚はニネットの手元に落ちてきた。

そこに書いてあったのは。

突然《とつぜん》現れた紙に驚いたものの、よく見てみるとそれは契約書のようだった。

(これは何……？)

「――〝アルヴィエ男爵家で、この後最初に精霊に会う、大事な子どもを守ることを命じる　クリストフ・アルヴィエ〟」

読み上げたニネットは、愕然《がくぜん》とする。

(これはもしかして……お父様が私に残してくれた精霊契約《けいやく》……？)

見覚えがある手書き文字と、懐《なつ》かしくて大好きな名前に、紙を持つ手が震《ふる》える。

ティルもそのことに気がついたようだった。

「クリストフ・アルヴィエって……旦那《だんな》様か。つまり、エッダが契約していた中位精霊は、ニネットを守るために旦那様が残したものだったと。でも、ニネットは精霊と契約する資格の有無《うむ》を確認《かくにん》することを許されなかった。それで、この精霊はエッダのものになったということか。――こんなことがあるとは」

(お父様が亡《な》くなってから、私はティルと二人で生きてきたつもりだった。どうして私たちだけを残して逝《い》ってしまったんだろうって何度も思った。でも違ったのね)

ティルの説明で経緯《けいい》を理解して、声が震える。

手元の契約書を胸に抱《だ》きしめると、こらえきれず涙が溢《あふ》れた。

「お父様……っ」

『……ニネットのお父さん、もし自分に何かがあっても精霊がニネットの味方をしてくれるように取り計らっていたんだね』

ニーヴがニネットのところに戻《もど》ってきて肩《かた》に止まり、頭を撫《な》でてくれる。

一方、エッダが閉じ込められたガラスの檻に縋《すが》りついて叫《さけ》んでいた継母は、自分たちの悪事が明るみに出たことをまだ受け入れられないようだった。

ニネットを睨《にら》み、鬼《おに》の形相で喚《わめ》いている。

「エッダが契約していた精霊は、あの人が……あの人が、ニネットのために残した精霊だったなんて嘘《うそ》よ！　私たちは前妻とその娘《むすめ》なんかよりもずっと愛されていたはずよ！　そんなデタラメ信じませんから！」

掠《かす》れた叫び声が虚《むな》しく大聖堂に響《ひび》く。

この数分間ですっかりやつれてしまったかつての継母に向け、ティルはかつてと同じ口調で毒づいたのだった。

「――お前も懺悔しろ。クソババア」

エピローグ

大聖堂での結婚《けっこん》式が裁定に変わった日から数週間。

ベルリオーズ公爵《こうしゃく》家にはクレーティ商会からライモンドがやってきていた。どうやら、先日オーダーしたドレスや宝飾品《ほうしょくひん》が出来上がったらしい。

応接室ではそれらをテーブルの上に並べ、ニネット、ティル、ライモンドの三人でお茶の時間を楽しんでいた。

雰囲気《ふんいき》は、若干《じゃっかん》険悪といったところである。

「アンペール商会の件、聞いていますよ。あそこはもともと良くない噂《うわさ》ばかりでした。国を介《かい》した『裁定』は当人たちの呼び出しも含《ふく》めて、確証がないとなかなか動いていただけないことが多い。ですが、今回の件を受けて業界の自浄《じじょう》作用も進みそうだ」

ライモンドの言葉に、ニネットは少しの疑いの目を向ける。

「エッダがアンペール商会の養子だと聞いて、ティルにアンペール商会のよくない噂を教えたのはもしかしてライモンド……？　エッダとお継母様が罪を償《つぐな》った後に戻る場所がなくなるように」

「さぁ、どうでしょうかね。その辺はティルソン・ベルリオーズ公爵閣下のご采配《さいはい》ですので。いくらニネット様からの質問でも、お答えはできかねます」

「ライモンド!?　そこまで言っておいて、教えてくれないのね？」

ニコニコと商人の笑《え》みを浮かべたライモンドに、ニネットは顔を引き攣《つ》らせた。

あの日、大聖堂でガラスの檻に閉じ込められたエッダと継母は、裁判を経て正式に監獄《かんごく》へと送られることになった。

エッダの契約精霊《せいれい》を使って儲《もう》けていたアンペール商会には無期限の営業停止処分が下り、プリチャード男爵家は、サンデルの告発のおかげで減刑《げんけい》され、罰金刑《ばっきんけい》だけに留《とど》まった。

（エッダとお継母様はどこに行っても人に頼《たよ》って生きていくのね。そして、周囲は崩壊《ほうかい》していく）

さすがに監獄が崩壊はしないとは思うが、あの二人ならどんな環境《かんきょう》でも図太く適応してしまいそうで怖《こわ》い。

ところで、部屋には青い蝶《ちょう》の姿をした精霊がひらひらと舞《ま》っていた。

エッダと契約していた中位精霊の『ベル』だ。ニネットの目の前に来て止まると、くるりと回る。

『ニネット、まもる』

「ええ、ありがとう」

まるで笑っているような楽しげな動きに、ニネットも笑顔になった。

ベルは大聖堂でエッダとの契約が破棄《はき》された日から一緒《いっしょ》にいてくれていて、ニネットにとっても、父親が残してくれた大切な存在だ。

ニネットとベルの会話を見ていたライモンドが感動している。

「本当にそこに精霊がいるんですね。ニネット様はたまにブツブツ言ってて不思議だと思っていたんですが、まさか精霊の愛《いと》し子様だったとは。ベルリオーズ公爵家から強引《ごういん》な求《きゅう》婚《こん》があったのも納得《なっとく》ですね」

(ブツブツって)

ニネットは思わず突《つ》っ込みを入れたくなってしまったが、すかさずティルが応じたのでその必要はなかった。

「多少強引だったのは事実だが、ニネットは嫌《いや》がっていない。望んで俺のところにいる」

「どうでしょうかねぇ。本人は戸惑《とまど》っているようにお見受けしますが」

「もしかしてクレーティ商会の商会長も裁定を受けたいのか。物好きだな」

「いくらでもお受けしますよ。我が商会はクリーンですから。むしろいい宣伝になります」

また空気が険悪になってきてしまった。けれど二人とも笑顔なのが怖い。

「ねえ、二人ともいい加減にして……？　ほら、せっかくライモンドがたくさんの商品を持ってきてくれたんだもの」

テーブルの上には、結婚指輪のサンプルがある。

プラチナリングにネットの瞳《ひとみ》と同じ色をした淡《あわ》いブルーダイヤモンドがあしらわれたそれはとても美しく、今日届けられた宝飾品の中でも一際輝《ひときわかがや》きを放っている。

「本当に綺麗《きれい》ね」

指輪を手に取り、窓から差し込む光に透《す》かせば、ライモンドが立ち上がった。

「今日はこれで失礼しましょう。ですが、またこちらに来させていただきます。ベルリオーズ公爵家はお得意様ですし、私が手配した結婚指輪の着け心地《ごこち》も気になりますしね」

人好きのする笑みで言われると、何が何だかわからない。何か含《ふく》みのある言い方が気になるが、ただでさえ口がうまく人を煙《けむ》に巻くライモンドだ。

巻かれないティルの機嫌《きげん》が明らかに悪くなったので、ここはあっさり見送るべきだろう。

「ライモンド、ありがとう」

「また来る」

「来なくていい。ほかの人間を寄越《よこ》せ」

子どものようなティルの振《ふ》る舞《ま》いにくすくすと笑いながらライモンドを見送ると、応接室にはニネットとティルの二人きりになった。

ニーヴはお皿の上でクッキーを枕《まくら》にしてうとうとしはじめていて、ベルもテーブルの上で眠《ねむ》っているようだった。

めずらしく公爵家の使用人は同席していない。ライモンドを門まで送り届けているせいだった。

「精霊契約《けいやく》の結婚式かぁ。私たちもこの前の大聖堂で式をするのよね？　緊張《きんちょう》しちゃうな」

「そう？　俺は楽しみだけど」

「ティルはすっかり慣れていたものね。この十年間、一人で本当に頑張《がんば》ったんだろうなって思って、お姉さん感動しちゃった」

すっかり姉目線で微笑《ほほえ》むと、ティルは複雑そうな視線を送ってくる。

ほんの少し頬《ほお》が赤くて、こちらを恨《うら》めしそうに見る、拗《す》ねたような表情だ。

「……なに？」

「別に」

ティルはそう答えて、テーブルのリングケースに置いてあった結婚指輪を手に取る。

そうして、ニネットの足元に跪《ひざまず》いた。

「な、なに⁉」

「十年前、ニネットが生贄《いけにえ》になるために俺に嘘をついたときのこと、覚えてる？　俺に嘘をついて懐中時計《かいちゅう》を取りに行かせた。俺は、帰ったら大事な話がしたいと言って小屋を出た」

「もちろん。……本当にごめんね」

この十年、あの時の後悔《こうかい》はニネットの心から消えることはなかった。それを思って肩《かた》を落とすと、ティルは意外なことを口にする。

「あのとき、俺はニネットが嘘をついて出て行った理由がすぐにわかった。……俺を守ろうとしたんだって思ったら、ニネットを守りたかったのに守られるしかない自分が情けなかった」

「ティル……」

「でも今は違《ちが》う」

まっすぐに見つめられて、心臓が跳《は》ねる。

すると、この前、応接室で告げられた言葉が俄《にわ》かに蘇《よみがえ》った。

――ニネットは男爵家のご令嬢《れいじよう》だ。俺が幸せにしたいと思っていたけど、俺は欠陥品《けっかん》として生家を追い出された上にニネットより三歳も年下だ。ただ普通《ふつう》の大人になるだけじゃダメだった。旦那《だんな》様がニネットを任せたくなるような、そんな存在になりたかった。


（って、あれ）

あのとき、ニネットはこれも婚約者《こんやくしや》のふりの一つなのだと思っていた。

同じ部屋の端《はし》っこから自分たちのやりとりを見守り、何かあれば『先代の愛し子』に報告する使用人たちの目を欺《あざむ》くため、会話は聞こえなくてもそれっぽい雰囲気を醸《かも》し出す目的での出まかせなのだと。

(あれは、本当に……婚約者のふりだったのかな)

ふと、そんな風に思ってしまったのは、ティルの瞳があまりにも真剣《しんけん》だったからだ。

沈黙《ちんもく》の中、ティルは跪いたままニネットの左手を取り、指輪をはめる。

「……これが俺の夢だったと言っても、ニネットは信じないいんだろうな」

「……!?」

「この家での『仲がいい婚約者のふり』が邪魔《じゃま》になってるのはわかってる。それに、俺もニネットの弟扱《あつか》いを逆手に取っているところもあるから、自業自得《じごうじとく》ではあるんだけど」

(仲がいい婚約者のふりが邪魔になってるってどういうこと。弟扱いを逆手に取る、って何のこと)

目を瞬《しばたた》くニネットの前に、ティルは一枚の契約書を差し出した。

それは、エッダの結婚式でベルが出した二枚の契約書のうちの一枚だった。

(あのとき、ティルがすぐに回収してしまったから私は内容を見ていないのよね。これって何の契約書なの……?)

「これは、八歳の俺と旦那様が交《か》わした契約書」

「ティル、八歳でお父様と精霊契約を交わしていたの!? 知らなかったわ」

「そう。見て」

言われるがままに、目を通す。

「……って、なにこれ⁉　剣術《けんじゅつ》、体術、王国史、精霊学に精霊史、数学に精霊語⁉」

そこに書いてあったのは、予想したような契約書の内容ではなかった。

どういうことなのか、貴族の子どもたちが家庭教師をつけて学ぶあらゆる教科が羅列《られつ》されている。しかも、それぞれに取るべき成績が指定されているのだ。

勉強はきちんとできたニネットに、家庭教師の先生がつけてくれた成績は大体が『優』だったはずだ。

けれど、この契約書で指定されているのは『優』よりさらに上の『秀《しゅう》』だ。

しかも、よくよく読んでみると、「全《すべ》ての教科で『秀』を取れ」と書いてある。

（これを考えたお父様は鬼《おに》なのでは……？）

そんなことを思いながら、最後の一文へと辿《たど》り着く。そこに書いてあったのは。

――上記の項目《こうもく》を達成し、本人が同意した場合に限り、ニネット・アルヴィエの正式な婚約者として認める。

「え」

全く想像していなかった方向の契約書の内容に、ニネットはただただ目を瞬くばかりだ。

（子どもの頃《ころ》、ティルが一日中家庭教師の先生と勉強していたのを覚えているわ。私の先生も、王族並みのスケジュールだって驚《おどろ》いてた）

どうしてあんなに真剣に勉強しているのか、ずっと不思議だった。その答えがわかって動揺《どうよう》するニネットだったが、ティルは気にも留めない。

余裕《よゆう》たっぷりにため息をつき、契約書の文言を見つめている。

「これだけのえげつない条件を突《つ》きつけておいて、『ニネット本人が許せば』なんてさすが旦那様だよな」

「えっと、そう……そう、そうなのかしら？」

しどろもどろになりながら応じるものの、この会話がどこへ向かうのかは何となくわかってきた。しかし気持ちがまったく追いつかない。

（つ、つまりティルは……あの頃からずっと私のことを、）

何とか頭の中で整理していると、その続きはティルが口にした。

「わかった？　俺は、この頃からずっとニネットが好きだったってこと。最後にニネットからお使いを頼《たの》まれたとき、帰ったら気持ちを伝えるつもりだったんだ。叶《かな》わなかったが」

「……っ!?」

「この契約は旦那様が亡《な》くなって無効になったはずだった。でも、ベルが大事に持っていてくれたんだな」

ティルはそう言いながら、結婚指輪をつけたニネットの薬指に触《ふ》れる。

ごつごつとした手の感触《かんしょく》とは不釣《ふつ》り合いな優しい手つきに、急に胸が苦しくなった。

(待って……全然心の準備ができていないわ。いきなりそんな風にされても困る……！)

当然、ニネットの心の声に応じることはなく、ティルはさらりと告げてくる。

「ニネット。俺と結婚してほしい」

「……!? けっ、こん!?」

「俺たちはベルリオーズ公爵《こうしゃく》家からの申し入れにより、結婚することが決まっている。……でも、俺はちゃんとニネットの心までほしいと思ってる」

「……!?」

何てことを言うのだ、と目を瞬くばかりのニネットは悲鳴すらも声にならない。

「ニネットが俺のことを弟扱いしているのは知ってる。でも、これでやっとわかっただろう？　俺が『仲がいい婚約者のふり』で告げる言葉は、全部本音だ」

薄々《うすうす》わかりはじめていたことをはっきりと宣言されて、頬が熱くなるのを感じる。

と同時に、これまで「弟」「お姉さん」を連呼してきたことを思い出してどうしようもない気持ちになった。

「ティル、私は今までティルの気持ちを聞き流していたのね」

「そう仕向けたのは俺だ。ニネットにもっと近づいて、意識してほしかったから。……でも、今後はもう俺の結婚相手にふさわしい『愛し子《いとしご》』を探す必要はない。代わりに、これからは本当の婚約者として俺と向き合ってほしい。それだけでいいんだ」

縋《すが》るような瞳《ひとみ》に、動けない。

こうなってしまえば、もう頷《うなず》くしかなかった。

「……わかったわ。これからは、もう弟だなんて言ったりしないし、ティルのことももっとちゃんと考えるわ。約束する」

「よかった。なら、覚悟《かくご》してて」

「！」

至近距離《きょり》で頭の奥に響《ひび》く声音《こわね》が、とんでもなく甘くて痺《しび》れそうだ。

いつもの、かわいさすら感じることがあるティルはどこへ行ってしまったのだろうか。まともな思考が戻《もど》らないうちに、ニネットの隣に座り直したティルが、指輪をはめた薬指に口付けてくる。覚悟しててとはこういうことなのだろうか。

だとしたら、ニネットはずっと心の中で悲鳴を上げ続けるしかないのだ。

（こんなの……全然慣れません……！）

あとがき

こんにちは、一分咲《いちぶさき》と申します。

この度《たび》は『生贄《いけにえ》悪女の白い結婚《けっこん》　～目覚めたら8年後、かつては護衛だった公爵《こうしゃく》様の溺《でき》愛《あい》に慣れません！～』をお手に取ってくださり本当にありがとうございます。

角川ビーンズ文庫様から本を出していただくのは二年ぶりで、ドキドキしています。

『生贄悪女』の略称《りゃくしょう》で呼んでいるこのお話は、漫画《まんが》の企画《きかく》から形になったものでした。

別の作品（『100年後に転生した私、前世の従騎士《きし》に求婚《きゅうこん》されました』）でも書いた「立場逆転」に時空の歪《ゆが》みや精霊《せいれい》などのファンタジー要素を加えて、主人公のニネットにはかなり過酷《かこく》な序盤《じょばん》になってしまった気がします。

でもヒーローのティルだけでなく、ニーヴやライモンドなど優しい友人に恵《めぐ》まれたことで、楽しいお話になっていたらいいなと思います……！

コミック版は漫画担当の廣本《ひろもと》シヲリ先生と展開の相談をしながら進めているため、ちょっとだけ小説と内容が違《ちが》うところがあります。楽しいお話になるよう頑張《がんば》って制作していますので、どうか両方ともお楽しみいただけますように！

また、コミック版は2024年5月にコミックス一巻が発売されたばかりです。わんこかわいくも二面性のあるティルと、チャラくてかっこいいライモンド、ぶっ飛んでるけど大体かわいいニーヴ、そんな全員に振《ふ》り回《まわ》されて戸惑《とまど》いしかないニネットの物語を廣本先生がとても素敵《すてき》に描《か》いてくださっていますので、よろしくお願いいたします！


ここからは、本作に関わってくださった皆様《みなさま》に謝辞を。

素敵なイラストを描いてくださったのはＴｓｕｂａｓａ．ｖ先生です。表紙にかわいく戸惑うニネットと顔が良すぎるティルを本当にありがとうございます！　挿絵《さしえ》もかわいすぎて毎回拝んでいました。Ｔｓｕｂａｓａ．ｖ先生に描いていただけてとっても幸せです。

企画を形にしてくださった前担当様、『生贄悪女』はじめ他作品でも本当にお世話になりました！　いつも作品を大事にしてくださったこと、とてもありがたく心強かったです。

新担当様、あらすじがあまりにもしっくり来すぎて、私が書きたかったところをわかってくださったのだなぁとうれしくびっくりしました。細かいところまで相談に乗ってくださり、ありがとうございました。

ほかにも、出版社の皆様、書店の皆様をはじめ、本作に関わってくださった全ての皆様にお礼を申し上げます。

私ごとではありますが、この『生贄悪女の白い結婚』で小説（紙書籍《しょせき》）二十冊目の刊行になりました。

２０２１年に角川ビーンズ文庫様から出版していただいた『やり直せるみたいなので、今度こそ憧《あこが》れの侍女《じじょ》を目指します！』のときはまだデビューしたての二冊目で、本当に右も左もわからず、当時の担当様に手取り足取り教えていただいていた記憶《きおく》があります。

あれがもう三年前……月日が過ぎるのは本当に早いなと思いつつ、ここまで支えてくださった読者の皆様に感謝の気持ちでいっぱいです。いつも本当にありがとうございます。

またいつかどこかでお会いできることを願って。

一分咲

BEANS BUNKO

「生贄悪女の白い結婚 ～目覚めたら８年後、かつては護衛だった公爵様の溺愛に慣れません！～」の感想をお寄せください。

おたよりのあて先
〒102-8177　東京都千代田区富士見2-13-3
株式会社KADOKAWA　角川ビーンズ文庫編集部気付
「一分　咲」先生・「Tsubasa.v」先生・「廣本シヲリ」先生

また、編集部へのご意見ご希望は、同じ住所で「ビーンズ文庫編集部」までお寄せください。

生贄悪女《いけにえあくじよ》の白《しろ》い結婚《けつこん》

～目覚《めざ》めたら８年後《ねんご》、かつては護衛《ごえい》だった公爵様《こうしやくさま》の溺愛《できあい》に慣《な》れません！～

一分《いちぶ》　咲《さき》

角川ビーンズ文庫　24187

令和６年６月１日　初版発行

発行者――山下直久
発　行――株式会社KADOKAWA
〒102-8177　東京都千代田区富士見2-13-3
電話 0570-002-301（ナビダイヤル）
印刷所――株式会社暁印刷
製本所――本間製本株式会社
装幀者――micro fish

●お問い合わせ
https://www.kadokawa.co.jp/ （「お問い合わせ」へお進みください）
※内容によっては、お答えできない場合があります。
※サポートは日本国内のみとさせていただきます。
※Japanese text only

ISBN978-4-04-114574-6 C0193 定価はカバーに表示してあります。

角川ビーンズ小説大賞

角川ビーンズ文庫では、エンタテインメント小説の新しい書き手を募集するため、「角川ビーンズ小説大賞」を実施しています。

他の誰でもないあなたの「心ときめく物語」をお待ちしています。

大賞
賞金100万円
シリーズ化確約・コミカライズ確約

優秀賞
賞金30万円
書籍化確約

特別賞
賞金10万円
書籍化検討

角川ビーンズ文庫×FLOS COMIC賞
コミカライズ確約

受賞作は角川ビーンズ文庫から刊行予定です

募集要項・応募期間など詳細は公式サイトをチェック！▶▶▶▶
https://beans.kadokawa.co.jp/award/

●角川ビーンズ文庫●　KADOKAWA